Milan Kundera

米兰·昆德拉

尉迟秀——译

Une rencontre

相遇

ŒUVRES DE MILAN KUNDERA

上海译文出版社

图书在版编目(CIP)数据

相遇/昆德拉(Kundera, M.)著;尉迟秀译.
—上海:上海译文出版社,2014.8(2023.9重印)
(米兰·昆德拉作品全新系列)
ISBN 978-7-5327-6640-6

Ⅰ.①相… Ⅱ.①昆… ②尉…
Ⅲ.①随笔-作品集-法国-现代 Ⅳ.①I565.65

中国版本图书馆CIP数据核字(2014)第109342号

Milan Kundera
Une rencontre

图字:09-2009-314号

相遇
Une rencontre

MILAN KUNDERA
米兰·昆德拉 著
尉迟秀 译

出版统筹 赵武平
责任编辑 李月敏 缪伶超 张 鑫
装帧设计 杨林青

上海译文出版社有限公司出版、发行
网址:www.yiwen.com.cn
201101 上海市闵行区号景路159弄B座
杭州宏雅印刷有限公司印刷

开本890×1240 1/32 印张7.25 插页5 字数75,000
2014年8月第1版 2023年9月第8次印刷

ISBN 978-7-5327-6640-6/I·3998
定价:69.00元

……和我的思考以及回忆相遇；和我的旧主题（存在的与美学的）还有我的旧爱相遇……

目 录

一

画家突兀暴烈的手势：论弗朗西斯·培根

一

有一天，米歇尔·阿尔尚博[1]打算编一本弗朗西斯·培根的画册（他的肖像画和自画像）。阿尔尚博提议我为这本画册写一篇短文，他向我保证，这是画家自己的心愿。他提起我当年发表在《弧》这份期刊上的一篇旧作，他说培根曾经表示那是他能在其中认出自己的极少数文章之一。我不会否认我的感动——在若干年后，面对这么一个来自我如此喜爱却又不曾谋面的艺术家的讯息。

这篇刊在《弧》上的文章（后来成了我写作《笑忘录》其中一部[2]的灵感来源）写的是培根画的亨里埃塔·莫赖斯三联画肖像，写作时间是我移居海外的最初期，一九七七年前后，当时我满脑

① Michel Archimbaud（1946—　），法国编辑、艺术史学者。

② 参见《笑忘录》第三部。

子还是对于离去未久的故乡的回忆，在我的记忆中，那里宛如一个审讯与监控的国度。约莫十八年之后，我还是得从这篇旧作展开我对培根的艺术的新省思：

二

“时间是一九七二年。我和一个年轻的女孩在布拉格郊区会面，地点是借来的公寓。两天前，这女孩被警察审问了一整天，问的全是关于我的事。现在她想要偷偷和我碰面（她一直担心自己受到跟踪），好告诉我他们问了她哪些问题，而她又是怎么答的。万一哪天我也被抓去审问，我的说法才会和她一致。

“这女孩非常年轻，对这个世界还懵懵懂懂的。审问这件事让她心慌，让她害怕，一连三天，她的肠胃不停翻搅。她的脸色惨白，在我们谈话的这段时间，她不断走出去上厕所，我们的会面也因此伴随着厕所水箱蓄水的声音。

“我认识这女孩很久了，她聪明，个性非常风趣，情绪掌控和穿着打扮总是近乎完美无瑕，她的连衣裙一如她的举止，从来不会让人瞥见丝毫的裸露。这会儿，恐惧就像一把大刀，突然将她剖开。她在我面前打开了，像一头小母牛被切割的身躯，吊挂在肉铺的铁钩上。

“厕所水箱的蓄水声一直没停过，而我，我突然很想强暴她。我知道我说的是：强暴她，而不是跟她做爱。我不想要她的温柔。我想把手粗暴地放在她脸上，在那一瞬间，完全夺取她，连同她让人兴奋难耐的那些矛盾一并夺取——连同她完美无瑕的连衣裙和闹个不停的肠子，连同她的理性和她的恐惧，连同她的自负和她的不幸。我的感觉是，这一切矛盾当中蕴藏着她的本质——这宝藏，这金块，这隐藏在深处的钻石。霎时间，我想要拥有她，连同她的粪便，也连同她无法言喻的灵魂。

“可是我望着这双盯着我看的眼睛，那眼里尽是不安（理性的脸上，两只不安的眼），而她的眼睛越是不安，我的欲望就变得越荒诞、愚蠢、丑恶、无法理解，而且不可能实现。

“这没道理也不该出现的欲望并不因此而有丝毫的不真实。我无法否认这一点——我看着弗朗西斯·培根的那些三联画肖像，就像自己回忆的重现。画家的目光停留在那张脸上，宛如一只突兀而粗暴的手，试图占有这张脸的本质，占有这颗隐藏在深处的钻石。我们当然不能确定，这些深处是否真的蕴藏着什么——然而无论是何种形式，我们每个人都有这种突兀暴烈的手势，以手的动作去破坏别人的脸，试图在别人身上或背后找到隐藏在那里的什么。”

三

关于培根的画作，最好的评论是培根自己在两次访谈里的陈述，一次是西尔维斯特[①]于一九七六年的访谈，另一次则是阿尔尚博于一九九二年的访谈。在这两次访谈当中，培根谈起毕加索，语带赞赏，特别是对于毕加索一九二六至一九三二年的时期，那是培根觉得唯一和他真正相近的时期；他在其中看到一个“从来无人探索的领域被打开了，那是一种有机的形式，和人的形象相连相系，却是一种全然的歪斜变形”（字体变化是我标示的）。

毕加索在这个短暂时期所创作的抽象画，可以说都是画家的一种轻浮的手势，将人体的主题转化成二维的、自由的形式，让这些主题不像原来的样子。在培根的画作里，毕加索游戏式的欢愉换成了惊讶（或者恐惧），他看到的是我们的存在，是我们物质性、肉体性的存在。画家的手（我重拾我旧作里的用语）被这样的恐惧打动，以“突兀暴烈的手势”放在一具身体上，放在一张脸上，“试图在别人身上或背后找到隐藏在那里的什么”。

可是，那里到底藏着什么？“我”吗？当然，人们画的所有

① David Sylvester（1924—2001），英国艺评家、策展人。

肖像都想揭露肖像主人的“我”。可是在培根的年代，无论在什么地方，“我”都开始躲起来了。其实，我们最平凡的经验说明了一件事（尤其当我们的生命已经拖得太长的时候），很可悲的，人们的脸都是一样的（人口如雪崩般疯狂增长，更让人加深了这种感觉），一张张的脸让人混淆，一张脸和另一张脸的差异只有某些非常细微的地方，几乎无法察觉，在数学上，依尺寸来说，这样的差异经常只是几毫米的差别而已。再加上我们的历史经验，我们也知道，人的行为是相互模仿的，就统计来说，人的态度是可以计算的，人的意见是可以操弄的，所以，人与其说是一个个体（一个主体），不如说是一个总体里的一个元素。

正是在这令人疑惑的时刻，画家的强暴之手以“突兀暴烈的手势”放在肖像主人的脸上，试图在某个深处，找出肖像主人逃逸的“我”。在这种培根式的探索里，身形让位给“全然的歪斜变形”，却从未失去它们原有的活器官特质，它们还是让人想起身体性的存在，想起它们的血肉，而且始终保有它们三维的样貌。而且，这些身形和它们的主人相似！明明是一幅有意识地歪斜变形的肖像，如何能跟它的主人相似？然而，这些肖像主人的照片证实了这件事；请看这些三联画肖像——同一人的肖像，三种变形的并置；这几幅变形的肖像各不相同，但同时也存在某些共同点："这宝藏，这金块，这隐藏的钻石"，一张脸里面的"我"。

四

或许我可以换一种说法：培根的肖像画是对于"我"的界限的质问。一个个体可以歪斜变形到什么程度而依然是自己？一个被爱的生命体可以歪斜变形到什么程度而依然是一个被爱的生命体？一张可亲的脸在疾病里，在疯狂里，在仇恨里，在死亡里渐行渐远，这张脸依然可辨吗？"我"不再是"我"的边界在哪里？

五

长久以来，在我想象的现代美术馆里，培根和贝克特一直是一对。后来我读了阿尔尚博的访谈："贝克特和我之间的亲近性总是令我觉得惊讶，"培根这么说。再往下读："…… 我一直觉得在贝克特和乔伊斯想要说的这个部分，莎士比亚的表达好得多，而且他用的方法更对，更有力量 ……" 还有，"我心想，贝克特关于他的艺术的想法最后是不是扼杀了他的创作？他的作品里同时有太过系统性和太过聪明的东西，或许是这些东西一直困扰着我。"最后是，"在绘画方面，我们总是保留太多习性，我们删除的永远都嫌不够，可是在贝克特的作品里，我常觉得他一直想要删除，结果是，什么都没有留下来，而这决定性的空无，回荡着空洞的声音 ……"

当一个艺术家谈起另一个艺术家，他谈的其实始终是自己（间接地或拐弯抹角地），他的评价的意义也在此表现出来。谈到贝克特的时候，培根告诉了我们关于他自己的什么？

他不想被归类。他不想让他的作品落入刻板印象之中。

而且，他抵抗现代主义的教条，这些教条在传统与现代艺术之间树立起藩篱，仿佛现代艺术在艺术史上代表一个孤立的时期，拥有自己无可比拟的价值和独立自主的美学标准。然而培根的艺术史是整体的艺术史，二十世纪并不能让我们免除我们亏欠莎士比亚的债务。

还有，他不愿以太过系统化的方式呈现他对艺术的想法，他害怕他的艺术会因此变成某种过度简化的讯息。他知道二十世纪后半叶的艺术已经被喧嚣晦涩、滔滔不绝的理论蒙上污垢，作品因此无法和观众（读者、听众）进行没有媒体传播也没有预先诠释的直接接触。

所以，只要有机会，培根就会把线索弄乱，让那些想要将他的作品意义化约为刻板悲观主义的专家们摸不着头绪——他厌恶以“恐惧”这个字眼谈论他的艺术；他强调“偶然”在他画作中扮演的角色（画画时出现的偶然；一滴颜料意外地落在画布上，一下子改变了这幅画的主题)；所有人都赞叹他画作严肃性的时候，他坚持“游戏”这个字眼。想谈论他的绝望？也可以，但是，他立刻告诉你，他的绝望是一种“欢乐的绝望”。

六

在关于贝克特的反思里，培根说过：“在绘画方面，我们总是保留太多习惯，我们删除的永远都嫌不够……”太多习惯指的是，任何不是画家新发现的东西，不是前无古人的贡献，不是他原创的；任何属于传承的、例行的、填空补白的东西，还有为展现技巧而进行的创作。以奏鸣曲的形式来说(甚至最伟大的音乐家也是如此，莫扎特的作品、贝多芬的作品)，所有从一个主题到另一个主题的过渡乐句(经常是约定俗成的)就是这样的例子。几乎所有伟大的现代艺术家都试图删除这些“填空补白”的部分，删除这一切来自习惯的东西，删除一切障碍，让艺术家得以直接与本质进行专属于他的接触（本质：艺术家自己，而且只有他一个人可以说的东西）。

培根也是如此，他的画作背景极度简单，单色平涂；但是，前景的部分，他也以极度浓稠的颜色与形式处理身体。然而，他心心念念的，却是这种华丽（莎士比亚式的）。因为少了这种华丽（以华丽对照单色平涂的背景），美就会变成禁欲，仿佛在进行节食，仿佛缩减了，而对培根来说，排在第一位的始终是美，是美的爆发，因为就算今天这个字看起来已经被用烂、过时了，但是连结着培根与莎士比亚的，正是这个字。

这就是为什么人们执拗地套用在他画作上的“恐惧”一词会激怒他。托尔斯泰提到列昂尼德·安德列耶夫和他的短篇黑色小说时曾说：“他想要吓我，可是我并不害怕。”今日有太多画作想要让我们恐惧，而我们却感到无聊。恐惧并不是一种美感，而我们在托尔斯泰的小说里感受到的恐怖，从来就不是在那儿等着吓我们的；伤重而性命垂危的安德烈·保尔康斯基没有麻醉就开刀，这惊心动魄的画面并未将美剥除，正如莎士比亚从来不将美从任何一场戏中剥除，正如培根从来不将美从任何一幅画作中剥除。

肉铺很恐怖，可是当培根谈起肉铺的时候，他不忘指出，“对一个画家来说，这里有肉的颜色散发出来的伟大的美”。

七

究竟是什么原因，尽管培根有这么多的保留，我还是不断在贝克特的左近看见他？

这两人在他们各自的艺术历史上的立足之处大致相同，也就是戏剧艺术的最末期，以及绘画史的最末期。因为培根是依旧以油画颜料和画笔作为绘画语言的最后几个画家之一。贝克特则是依然以剧本为基础在写戏，在他之后，戏剧依然存在，这是事实，或许戏剧甚至还在演进，可是启发、创新、促进这种演进的，不再是剧作家的文字了。

在现代艺术史上，培根和贝克特并非开路的人，他们是封路的人。阿尔尚博问培根，哪些现代画家对他来说是重要的？培根的回答是："在毕加索之后，我就不太知道了。现在在皇家艺术学院有一个画展[……]看到这些画作放在一起的时候，我们什么也没看到。我觉得里面什么也没有，那是空的，完全空的。"那安迪·沃霍尔呢？"……对我来说，他不重要。"那抽象艺术呢？噢，不，他不喜欢抽象艺术。

"在毕加索之后，我就不太知道了。"他说得像个孤儿似的。而他确实是。在他的生命里，他在非常具体的意义下确实是个孤儿——开路的人的身边总是围绕着一大帮的同行、评论家、崇拜者、同情者、同路人，而他则是孤单一人，一如贝克特。在西尔维斯特的访谈里，他说："我想，可以和一些艺术家一起工作应该是比较令人兴奋的事[……]我想，有人可以谈话，那应该是非常愉快的事。现在，根本没有人可以谈话。"

因为培根和贝克特的现代主义是把门关上的那种，不再响应围绕着他们的现代性——艺术市场营销所大肆鼓吹的时尚的现代性。(西尔维斯特说:“如果抽象画只是一些形状的组合安排，您如何解释有些人，就像我，有时候会对那些象形的作品有发自肺腑的反应呢?”培根说:“时尚。”)在伟大的现代主义正在关上门的时代主张现代，和在毕加索的时代主张现代，是完全不一样的事。培根是孤立的(“根本没有人可以谈话”)，他孤立在过去的一旁，他孤立在未来的一旁。

八

贝克特，他和培根一样，对于世界的未来与艺术的未来并不抱存幻想。而在这幻想终结的时刻，他们的作品里可以找到极为有趣而且意义深远的相同反应——战争、革命及其挫败、屠杀、民主的骗局，这些主题在他们的作品里一律缺席。尤奈斯库在剧作《犀牛》里对于伟大的政治问题还是感兴趣的，贝克特的作品里则完全看不见这样的东西。毕加索还会画《朝鲜的屠杀》，这样的主题在培根的画作里是无法想象的。当我们经历一个文明的终结（一如贝克特和培根所经历或者他们认为自己经历的），最后暴烈地面对的并不是某个社会、某个国家、某种政治，而是人的生理物质性。这就是为什么*耶稣受难*这个在过去集所有伦理、宗教，甚至西方历史于一身的伟大主题，到了培根的作品里，却转化为一个争议不断的生理性画面。“我始终对于有关屠宰场和肉的画面很有感觉，对我来说，这些画面和耶稣受难的一切有紧密的关联。有些动物的摄影作品非常杰出，那是在它们被带出来宰杀的那一刻拍的。那死亡的气味……”

钉在十字架上的耶稣拿来对照屠宰场和动物的恐惧，这看来是亵渎神圣了。可是培根并非信徒，亵渎神圣的概念根本不是他的思考方式；照他的说法，“人类现在明白了，人就是个意外，是一个毫无意义的生命体，只能毫无理由地将这个游戏玩到最后”。耶稣，从这个角度来看，就是毫无理由地将游戏玩到最后的这个意外。十字架：游戏的终结，这场游戏我们毫无理由地玩到了最后。

不，这不是亵渎神圣，而是清明、悲伤、深思的目光，试图钻透、接近本质。当所有社会性的梦想都已消逝无踪，而人也看见“宗教的可能性……对人完全无效了”，那么他会表现出什么本质性的东西？身体。唯一戴荆冠的耶稣[①]，显而易见，悲怆而且具体。“当然，我们就是肉，我们都有可能变成一副副的骨架子。每次去肉铺，我都感到很惊讶，为什么吊在那里的是动物而不是我？”

这不是悲观，也不是绝望，这是显而易见的简单事实，只不过这事实通常会被集体属性这片纱给蒙蔽，因为集体的梦想、兴奋、计划、幻象、斗争、利益、宗教、意识形态、激情，让我们什么也看不到。然后，有一天，这片纱掉了，我们被孤零零地留给身体，任凭身体宰割，那个年轻的布拉格女孩就是这样，在审讯的惊吓之后，每三分钟就得跑出去上厕所。她沦落为她的恐惧，沦落为不停翻搅的肠胃和她听见在水箱里流动的水声，就像我也会听到这水声，只要我看着培根一九七六年的《洗脸盆旁的男子》或一九七三年的《三联画》。对这个年轻的布拉格女孩来说，她得面对的不再是警察，而是她自己的肚子，而如果这个恐惧的小场景有个无形的主宰，那么这个主宰不是警察，不是党的高层，不是刽子手，而是一个上帝，或是一个神秘教派的恶神，一个创世神，一个造物主，它让我们永远陷在这个身体的“意外”之中，它在它的作坊里整修了这具身体，而有那么一段时间，我们被迫成为这具身体的灵魂。

培根经常窥伺这个造物主的作坊，我们可以在他的画作里观察到这一点，譬如，名为《人体习作》的这几幅，他揭露了人的身体只是单纯的“意外”，而这意外可以用完全不同的方式制作出来，譬如，做成三只手或是眼睛长在膝盖上。这是仅有几幅让我充满恐惧的画作。可是“恐惧”是正确的字眼吗？不是。要形容这几幅画所激起的感觉，没有正确的字眼。这些画作所激起的不是我们所认识的恐惧——因为历史的荒诞，因为酷刑，因为迫害，

① 见《圣经·约翰福音》第十九章，耶稣在被钉上十字架之前，兵丁用荆棘编作冠冕，戴在他头上。

因为战争，因为屠杀，因为苦难而生的恐惧。不是。在培根的画作里，那是另一种完全不同的恐惧，它源自人体的意外性质，被画家猝然揭露。

九

一直往下走到了这里，我们还剩下什么？

脸；

脸蕴藏着“这宝藏，这金块，这隐藏的钻石”，那正是无比脆弱的“我”，在身体里打着颤；

脸，我盯着它看，想找到一个理由，让我去经历这“毫无意义的意外”，这生命。

一九九五年

二

小说，
存在的探测器

滑稽理由的滑稽缺席

（陀思妥耶夫斯基《白痴》）

词典给“笑”下的定义是“因为有趣或滑稽的事物所引起”的反应。这种说法对吗？我们可以从陀思妥耶夫斯基的小说《白痴》里摘出一整部关于笑的文选，怪的是，这里头笑得最多的角色，并不是最有幽默感的人，相反地，就是这些人，一点幽默感也没有。一群年轻人从乡间别墅走出来散步，当中有三个女孩“满脸奉承样，一边笑，一边听着叶甫盖尼·巴甫洛维奇讲些逗趣的事，最后叶甫盖尼·巴甫洛维奇开始怀疑她们说不定根本已经没在听他说什么了”。这样的怀疑“让他忍不住笑了出来”。这是很棒的观察：先是年轻女孩子一起笑，她们一边笑，一边就会忘了她们笑的理由，然后会毫无理由地继续笑；接着是叶甫盖尼·巴甫洛维奇的笑（这很罕见，很珍贵），他明白了女孩们的笑没有任何滑稽的理由，而面对这滑稽理由的滑稽缺席，他笑了出来。

在同一个公园散步时，阿格拉雅指着一张绿色长椅给梅诗金公爵看，她告诉他，每天早上七点钟，所有人都还在睡觉的时候，她都会过来坐在长椅上。晚上，众人帮梅诗金公爵庆祝生日，这个充满戏剧性又令人难以忍受的聚会直到深夜才散场。梅诗金公爵的情绪过度激动无法入睡，他走出屋子，到公园晃荡去了。他在那儿看到阿格拉雅指给他看的那张绿色长椅，他坐在长椅上，“突如其来地大笑起来”。很显然地，这笑并不是“什么好笑或滑稽的事情所引发的”，随后的句子也肯定了这一点：“他心里依然不安。”他就坐在那里睡着了。后来，一阵“清澈饱满的”笑声让他醒了过来。“阿格拉雅就在他面前笑了出来……她在笑，同时也很生气。”所以这笑也不是“什么好笑或滑稽的事情所引发的”，阿格拉雅气的是梅诗金公爵没情调，因为他在等她的时候睡着了；她笑是为了把他弄醒；为了让他知道自己的可笑；为了用一阵严厉的笑声训斥他。

我还想到另一个没有滑稽理由的笑。我还在布拉格电影学院读书的时候，身边不乏一些爱开玩笑也爱笑的大学生。阿洛伊·D是其中之一，他是个热爱诗歌的年轻人，性情好，有一点太过自恋，而且出奇地拘谨。他张大嘴巴，发出很大的声音，做出夸张的手势——我想说的是，他在笑。但是他和其他人笑的方式不同，他的笑像个复制品，混在诸多原版的笑当中。我之所以没忘记这段微不足道的往事，是因为我在当时有了一种全新的体验，我看到某个毫无幽默感的人在笑，他笑只是为了不要和别人不一样，就像间谍穿上外国军队的制服，好让自己不被人认出来。

或许是因为阿洛伊·D,《马尔多罗之歌》的这个段落才会在当时给我留下深刻的印象：有一天，马尔多罗很惊讶，他发现大家都会笑。他不明白这龇牙咧嘴的怪表情是什么意思，而他又想和别人一样，于是他拿起一把小折刀，把自己的两个嘴角划开。

我在电视机的荧幕前。我看的节目很吵，有几个主持人、演员、明星、作家、歌手、模特儿、国会议员、部长、部长夫人，不管他们拿什么当借口，总之每个人都张大了嘴，发出很大的声音，做出很夸张的手势。换句话说，他们在笑。我则是想象叶甫盖尼·巴甫洛维奇突然来到这群人当中，他发现这笑没有任何滑稽的理由。一开始他看得目瞪口呆，后来他的惊吓渐渐平息，最后，这滑稽理由的滑稽缺席“让他突然笑了出来”。那些在笑的人——几分钟之前他们还狐疑地看着他——此刻安心了，他们喧哗地欢迎他来到他们没有幽默只有笑的世界，而这正是我们注定要生活的世界。

死亡与排场

（路易–费迪南·塞利纳《从一个城堡，另一个城堡》）

《从一个城堡，另一个城堡》这部小说，说的是一只母狗的故事；它来自丹麦，在这冰天雪地的国度，它习惯在森林里长时间游荡。它和塞利纳一起来到法国，游荡的生活也结束了。后来，就是癌症了：

"……我想让它趴在干草上……直到黎明之后……它不想待在我让它趴的地方……它不想……它想要待在另一个地方……屋里最冷的墙角，在那些石子上……它趴得很漂亮……它开始发出嘶哑的喘息……这是尽头了……有人告诉过我，我不相信……可这是真的，它朝着回忆的方向，朝着它的来处，朝着丹麦，狗嘴朝着北方，转向北方……这只母狗有某种忠诚，它忠于它曾游荡的树林，科瑟镇，北方……它也忠于残酷的人生……巴黎近郊的森林对它毫无意义……它嘶哑地轻喘两三声之后……

就过世了……噢，非常低调……没有丝毫埋怨……可以这么说……姿态非常美丽，仿佛全力向前冲，仿佛在游荡……然而却是在墙角，倒地，死去……鼻子朝向它游荡的森林，朝向它的来处，朝向它曾经受苦之地……确实如此！

“噢，我看过许多临终的画面……这里……那里……各处……可是都远远不及这如此美丽、低调……忠诚的画面……妨碍人类临终的，是排场……毕竟人始终都在舞台上……最简单的舞台……”

“妨碍人类临终的，是排场。”真了不起的句子！还有，“毕竟人始终都在舞台上”……有谁想不起来死亡的喜剧，在临终的病榻上说的那些著名的“临终之言”？就是这样：就算是嘶哑地喘息，人始终都在舞台上。而且就算是“最简单的”、最没有暴露狂倾向的，也是如此，因为人虽然不一定会把自己放上舞台，但如果他没把自己放上舞台，别人也会帮他放上去。这就是作为人的命运。

而“排场”！死亡总是被当成某种英雄式的事情，像一出戏的最后一幕，像一场战斗论断胜负的时刻。我在一份报纸上读到，某个城市放了数千个红气球向艾滋病的患者和死者致敬！我在“致敬”这个词停了下来。追忆，纪念，致上悲悯之意，是的，我明白。可是致敬？在一个疾病里，有什么要庆祝、要崇拜的东西吗？疾病是一种功绩吗？事情就是这样，而塞利纳早已明白：“妨碍人类临终的，是排场。”

许多与塞利纳同代的大作家也都有过死亡、战争、恐怖、酷刑、流放的经验。但是这些可怕的经验，他们是在边界的另一边经历的，在正义的那一边，在未来战胜者的那一边，或是顶着光环的受害者（他们遭受某种不正义的残害）的那一边，简而言之，就是在光荣的那一边。“排场”，这种想要让人看见的自我满足，是那么自然而然地出现在他们所有的行为举止当中，因此他们无法察觉，也无法评断。可是塞利纳有二十年的时间和那些被定罪、被蔑视的人们同在，他在历史的垃圾桶里，他是罪人里的罪人。他周遭的一切被削减至静默，他是唯一发声诉说这种极其特殊经验的人——在这经验里，人们完全没收了生命的排场。

这经验让他得以不将虚荣视为一种缺陷，而是一种与人共存的特质，虚荣永远不会离弃人而去，即便在临终之际；而在这无法根绝的人类排场的背景前面，这经验让他看见一只母狗死去的庄严美丽。

加速前进的历史里的爱情

（菲利普·罗斯《欲望教授》）

从什么时候开始，卡列宁不再和安娜做爱？沃伦斯基呢？他能让安娜达到高潮吗？安娜呢？她不是冷感吗？他们在黑暗中做爱，还是点着灯？在床上，还是在地毯上？三分钟还是三个小时？他们说着浪漫的情话、淫荡的字句，还是沉默无语？这些事我们一无所知。爱，在那个年代的小说里占据广袤的领土，这片领土从第一次相遇一直延伸到性交的关口；这关口是一道无法跨越的边界。

二十世纪，小说逐渐往它的每一个维度去发掘性欲。在美国，小说宣告并且伴随着速度令人晕眩的道德大动荡：五〇年代，人们还闷在无情的清教徒信仰里，之后不过十年的时间，一切都变了——初次调情与性爱之间的辽阔空间消失了。人和性之间不再有感性的无人地带作为保护。人直接与性对阵，此事已成定局。

在D.H.劳伦斯的作品里，性的自由有一种戏剧性或悲剧性的反叛气息。再晚一些，在亨利·米勒的作品里，性的自由围绕着一种如抒情诗般热情奔放的欣快感。三十年后，在菲利普·罗斯的作品里，性的自由不过是一种既定的、众人一致确认的、集体的、平庸无奇的、无可避免的、设定好的情境：既无戏剧性，也无悲剧性，也没有抒情诗的奔放与激情。

我们触到了极限，已经没有任何“更远之处”了。和欲望对立的不再是法律、亲人、习俗。一切都被允许，唯一的敌人是我们自己的身体，剥得赤裸裸的，剥除了幻想，剥除了假面。菲利普·罗斯是一位伟大的美国情色史学家，他也是书写这种奇异的孤独——人被抛弃、面对自己身体而生的孤独——的诗人。

然而，最近这几十年，历史走得那么快，《欲望教授》里的角色不得不将另一个时代保留在他们的记忆里，那是父母亲的时代，他们的父母经历的爱情方式比较像是托尔斯泰的方式，而不是罗斯的方式。从主角科佩什的父亲或母亲出场的那一刻起，小说里就弥漫着怀旧的氛围，这不仅是对于父母的乡愁，更是对于爱情的乡愁，原原本本的爱情，父亲和母亲之间的爱情，这动人的老派爱情似乎在今日的世界已不复重现。（没有过去曾经有过的记忆，爱情还剩下什么？剩下爱情的概念吗？）这奇特的乡愁（奇特是因为这乡愁并非联系到具体的人物，而是固定在更远处，在这些人物的生命之上，在后面）赋予这部看似无耻败德的小说一种动人的温柔。

历史的加速前进深深改变了个体的存在。过去的几个世纪，个体的存在从出生到死亡都在同一个历史时期里进行，如今却要横跨两个时期，有时还更多。尽管过去历史前进的速度远远慢过人的生命，但如今历史前进的速度却快得多，历史奔跑，逃离人类，导致生命的连续性与一致性四分五裂。于是小说家感受到这种需求——在我们生活方式的左近，保留那属于我们先人的、近乎被遗忘的、亲密的生活方式的回忆。

罗斯笔下的主人翁的理智主义的意义就在这里，这些主角都是文学教授或作家，他们无时无刻不在思索关于契诃夫、亨利·詹姆斯或卡夫卡的种种。这并不是自恋文学的一种微不足道的智性展示。这是渴望，要将过去的时代留存在小说的地平线上，不让那些人物被遗弃在再也听不见先人声音的空无之中。

生命的年龄秘密

（古博格·博格森《天鹅之翼》*）

有个小女孩经常在雷克雅未克的大卖场偷三明治。她的父母为了惩罚她，把她送去乡下的农家生活好几个月，而她并不认识这个农家的人。在冰岛十三世纪的古老传奇故事里，人们就是这样把重刑犯送来这个国家的内地，由于这片冰冷贫瘠的荒漠辽阔无垠，这在当时与死刑无异。冰岛：居民三十万，面积十万平方公里。为了熬过孤独（我引用小说里的一个画面），农夫拿起望远镜，遥遥观察其他农夫的作息，而这些被观察的农夫也有望远镜。冰岛：互相窥望的孤独之地。

《天鹅之翼》这部关于童年的流浪冒险小说，每一行都闻得到

* Gudbergur Bergsson（1932— ），冰岛小说家。《天鹅之翼》是其代表作《天鹅》的法文版书名。

冰岛乡间的气息。不过，我恳请各位不要将它当成“冰岛小说”，不要把它当作充满异国情调的奇怪作品来读！古博格·博格森是一位伟大的欧洲小说家。他的艺术灵感最重要的泉源并非对社会学或历史学乃至地理学的好奇，而是一种对于存在的探索，一种真正的*存在的顽强*，这让他的小说立于我们或可称作（依我之见）小说现代性的中心。

这个探索的对象是非常年轻的女主人翁（“小女孩”，作者如此称呼她），或者更精确些，是她的年龄 —— 九岁。我越来越常这么想（这种事如此显而易见，而我们却没发现），人只存在于他的具体年龄里，一切都随着年龄改变。了解另一个人，就是了解他正在跨越的年龄。年龄的谜：唯有小说可以阐明的主题之一。九岁：童年与青少年之间的边界。这条边界，我从未见过有哪一部小说比这部小说阐明得更清晰。

九岁，这是什么意思？就是走在幻想的迷雾里。不过不是抒情诗般的幻想，这本书里没有任何童年的理想化！胡思乱想，对“小女孩”来说，这是她的方法，用来面对未知又无从认知的世界，而且这世界一点也不友善。到农场的第一天，她碰上的是一个奇怪而且看似带着敌意的世界，她想象，为了保护自己，她“从自己的脑袋喷出一种看不见的毒液，把整栋房子洒过一遍。她在每个房间、每个人、每头牲畜身上，还有空气里，都下了毒……”

真实的世界，她只能靠荒诞的诠释来掌握。小说里还有农场主人的女儿，从她神经兮兮的举止看来，我们可以猜出背后有一段爱情故事。可是小女孩，她猜得到什么？还有村子里的节庆舞会，情侣们散落在高高低低的田野里，小女孩看到男人用身体覆盖在女人身上。她没有一丝怀疑，她想，他们是要保护这些女人免受暴雨侵袭——天空已经布满了乌云。

大人满脑子都是现实的忧虑，这些忧虑压倒了一切形而上的问题。可是小女孩离现实世界很远，所以在她和生死问题之间没有任何屏障。她的年龄就是形而上的年纪。她俯身在一片泥炭沼上，看着自己的倒影映在蓝色的水面上。“她想象自己的身体溶解消失在蓝色里。我该跳出这一步吗？她问自己。她抬起脚，看着破旧的鞋底映在水中的倒影。”死亡令她感到惊奇。有人要宰一头小牛，附近每一个小孩都想看这头牛死去。屠宰前的几分钟，小女孩附在小牛的耳边轻声说：“你知道吗，你已经活不久了？”其他孩子觉得她说的话很好笑，于是所有人，一个接着一个，都去附在小牛的耳边轻声说了这句话。后来小牛的喉咙被割断，几个小时后，所有人都被唤去餐桌。孩子们开心地咀嚼他们亲睹死亡过程的尸体。之后，他们跑去母牛那里，也就是小牛的妈妈那里，小女孩心想：它知道我们肚子里正在消化它的小孩吗？于是她开始张大嘴巴对着母牛的鼻子吐气。

童年与青少年之间的空隙：不再需要父母时时刻刻的照顾，小女孩突然发现自己的独立，可是她始终与现实世界隔离，她同时也感觉到自己的无用，她在那些和自己并不亲近的人当中感到孤立，这更加深了她无用的感觉。可是，就算无用，她还是吸引了其他人的注意。这就是个令人难忘的小场景：农场主人的女儿为情所困的时候，每晚都出去（在冰岛明亮的夜晚）坐在河边。小女孩窥视着她，也跟着出门，远远坐在她后方的地上。两人都意识到对方的存在，可是彼此不发一语。后来，在某一刻，农场主人的女儿举起手，静静作势要她靠过来。而每一次，小女孩都拒不从命，转身跑回农场。这场景很平凡，但却神奇。我不断看见这只举起的手，这是因为年龄而互相疏远的生命互相发出的讯号，没有人明白对方的想法，她们没有任何事情可以传递，只有这个讯息：我离你很远，我没有什么可以跟你说的，可是我就是在这里，而且我知道你在那里。这只举起的手，是这本书的手势，这本书观照的是一个我们无法重返也无法恢复的遥远年龄，这年龄对我们每个人来说都已成为一个秘密，只有诗人小说家的直觉才能让我们靠近。

田园诗——恐怖之子

（马雷克·边齐克*《特沃基》）

故事发生在第二次世界大战末期的波兰。这个最广为人知的历史片段在这里是以一个不为人知的角度来观看的——从华沙的一家大型精神病医院“特沃基”开始。这么写是不顾一切只为了显得特别吗？错了，在这黑色的年代，没有什么事情会比找一个角落逃过去更自然了。一边是恐怖，另一边，是避难地。

医院是德国人经营的（不是妖魔鬼怪的纳粹，请不要在这本小说里寻找刻板印象）；这些德国人雇用了几个非常年轻的波兰人当会计，其中有三四个是拿假身份证的犹太人。接下来最让人印象深刻的是，这些年轻人和我们这个时代的年轻人并不相似，他们害羞、腼腆、笨拙，满腔的道德与仁慈的天真渴望，他们在某种充满执拗的善意的奇异氛围里经历着他们“纯洁的爱”，其间因爱而生的嫉妒与失望从来不曾转化为恨意。

是因为他们和我们相隔半个世纪，所以那时候的年轻人和我们现在的年轻人不一样吗？这种不同，我认为另有原因：他们所经历的田园诗正是恐怖之子；那种恐怖是隐藏的，却始终存在，始终潜伏、窥伺着。路西法悖论即是：如果一个社会（譬如我们的社会）流泄着损人不利己的暴力与恶意，那是因为这个社会并没有真正经历过恶，没有真正经历过恶的统治。因为历史越是残酷，避难的世界就越是美丽；处境越是平凡无奇，就越像那些“逃亡者”紧紧攀附的救生圈。

小说里有几页都是这样，有些话像迭句一般重现，叙事变成歌，带着读者起起伏伏。这音乐、这诗歌从何而来？在生命的散文里；在平庸到不能再平庸的事情里——尤雷克爱上索妮娅——他那些爱情夜在小说里只有极其简短的三言两语，可是索妮娅荡秋千的动作却被缓缓地描述，巨细靡遗。“为什么你这么喜欢荡

* Marek Bienczyk（1956— ），波兰作家、翻译家。

秋千？”尤雷克问道。“因为…… 这很难解释。我在秋千上，所有东西都在下面，一会儿之前，所有东西都在上面。反过来说也一样。”尤雷克倾听这段天真的告白，他赞叹地望着上方，看着“那些树顶的附近，淡褐色的鞋底渐渐变暗”，接着往下看，鞋子“下降到比他鼻子更低的地方”，他看着，始终赞叹，他永远不会忘记这一幕。

小说快要结束的时候，索妮娅会离去。从前她满怀恐惧，逃来特沃基，在这里经历她脆弱的田园诗。她是犹太人，没有人知道（甚至连读者也不知道）。可是她去见医院的德国院长，她去自首，院长大声吼着：“您发疯了，您发疯了！”他打算把她送去隔离，才能救她一命。可是她很坚持。当我们再见到她的时候，她已经死了。“在细长的白杨树一根较粗的分枝上，索妮娅上吊了，索妮娅在那儿荡来荡去，索妮娅吊死了。”

一边是日常性的田园诗，重新寻获、重获价值、化身为歌的田园诗；另一边，是吊死的年轻女孩。

记忆的溃败

(胡安·戈伊蒂索洛*《当帘幕落下》)

一个上了年纪的男人，刚失去他的妻子。关于他的个性和生平，没有很多信息。没有任何“故事”。这本书唯一的主题就是他新阶段的生命，他突然之间进入的这个新阶段；妻子还在身边的时候，同时也在他的前面，在他的时光的地平线上；现在，地平线上空无一物，景物全非。

第一章，男人整夜都在想他死去的妻子，令他困惑的是，回忆将他童年时代的老歌和佛朗哥的宣传歌曲送进他的脑海里，那时他还不认识他的妻子。为什么，为什么？往事穷极无聊吗？还是往事在嘲笑他？他努力想看到从前他们在一起的所有风景，他

* Juan Goytisolo（1931— ），西班牙诗人、小说家。

终于看见风景了，“可是她，却连一下子也没出现过”。

回首过去，他的生命“结构并不紧密，他只找到一些片段，一些孤立的元素，一连串结构松散的图画 …… 想要在事后为散落的事件辩解，造的假也许能骗得过其他人，却骗不过自己”。（我心想：传记，不正是这样的东西吗？不就是人造的逻辑，强加在“一连串结构松散的图画”上吗？）

在这个新的观点里，过去的出现尽在不真实之中。那么未来呢？当然，这是显而易见的，未来也没有丝毫真实可言（他想到他的父亲，盖了一栋房子给儿子们，可是从来没有人去住过）。如是，过去和未来肩并肩，渐渐离他远去。他在一个小镇上散步，牵着一个小男孩的手，他很惊讶，他“感到自己轻盈愉快，跟那个帮他带路的孩子一样没有过去 …… 一切都汇聚于现在，完成于现在 ……”就这么一下子，在这缩减为现在时光的狭小存在里，他找到一种他不曾体会，也意想不到的幸福。

经过这些时间的检验之后，我们就可以明白上帝对他说的这句话了：“虽然你是一滴精液孕育出来的，而我是无数思辨与主教会议制造出来的，我们之间却有本质上的共同之处，那就是存在……”上帝？没错，是这个老人想象出来的，为的是和他进行长谈。这是一个不存在的上帝，而因为他并不存在，他可以自由地大放厥词、亵渎宗教。

在某一次谈话中，这个大逆不道的上帝向老人提起他造访车臣的往事，那是在共产党统治终结之后，当时俄罗斯正在对车臣人发动战争。这就是为什么老人的身上会带着托尔斯泰的《哈吉穆拉特》，因为这是一本讲战争的小说，同样的俄罗斯人对同样的车臣人，时间约莫是一百五十年前。

奇怪的是，我和戈伊蒂索洛笔下的老人一样，也在同样的年代重读了《哈吉穆拉特》。我记得当时有个情境令我惊愕：尽管所有人、所有沙龙、所有媒体对于发生在车臣的屠杀都兴奋了好些年，但是我不曾听过任何一个人、任何记者、任何政治人物、任何知识分子，提起过托尔斯泰，想起过他的这本书。所有人都因为屠杀的恶行而震惊，但是没有人的震惊来自屠杀的重复！然而，恶行的重复正是一切恶行之王！只有戈伊蒂索洛的这个亵渎宗教的上帝知道这一点，他说:“告诉我，在我行使神迹，花了七天创造这个地球以后，这里有什么改变？徒劳地延续这场闹剧有什么意义？为什么人们要冥顽不灵地重蹈覆辙呢？”

因为重复的恶行一直被遗忘的恶行好心地抹去(遗忘，“这无底的大洞，回忆消失于此”——对深爱的女人的回忆，对伟大小说的回忆，或是对屠杀的记忆)。

小说及其生殖

(加夫列尔·加西亚·马尔克斯《百年孤独》)

重读《百年孤独》的时候，一个奇怪的念头出现在我脑海里：这些伟大的小说里的主人翁都没有小孩。世界上只有百分之一的人口没有小孩，可是这些伟大的小说人物至少有百分之五十以上，直到小说结束都没有繁殖下一代。拉伯雷《巨人传》的庞大固埃没有，巴奴日也没有后代。堂吉诃德也没有后代。《危险的关系》里的瓦尔蒙子爵没有，梅特伊侯爵夫人没有，贞洁的德·图尔韦院长夫人也没有。菲尔丁最著名的主人翁汤姆·琼斯也没有。少年维特也没有。司汤达所有的主人翁都没有小孩，巴尔扎克笔下的许多人物也是如此，陀思妥耶夫斯基的也是，刚刚过去的那个世纪，《追忆似水年华》的叙述者马塞尔也没有。当然，还有穆齐尔的所有伟大人物——乌尔里希、他的妹妹阿加特、瓦尔特和他的妻子克拉丽瑟和狄奥蒂玛；还有哈谢克的好兵帅克；还有卡夫卡笔下的主角们，唯一的例外是非常年轻的卡尔·罗斯曼，他让一个女佣怀了孩子，不过正是为了这件事，为了将这个孩子从他的生命中抹去，他逃到美国，才生出了《美国》这部小说。这贫瘠不育并非缘自小说家刻意所为，这是小说艺术的灵(或者说，是小说艺术的潜意识)厌恶生殖。

现代将人变成“唯一真正的主体”，变成一切的基础(套用海德格尔的说法)。而小说，是与现代一同诞生的。人作为个体立足于欧洲的舞台，有很大部分要归功于小说。在远离小说的日常生活里，我们对于父母在我们出生之前的样貌所知非常有限，我们只知道亲朋好友的片片段段，我们看着他们来，看着他们走。人才刚走，他们的位子就被别人占了——这些可以互相替代的人排起来是长长的一列。只有小说将个体隔离，阐明个体的生平、想法、感觉，将之变成无可替代：将之变成一切的中心。

堂吉诃德死了，小说完成了。只有在堂吉诃德没有孩子的情况下，这个完成才会确立得如此完美。如果有孩子，他的生命就会被延续、被模仿或被怀疑，被维护或被背叛。一个父亲的死亡会留下一扇敞开的门，这也正是我们从小就听到的——你的生命将在你的孩子身上继续，你的孩子就是不朽的你。可是如果我的故事在我自己的生命之外仍可继续，这就是说，我的生命并非独立的实体；这就是说，我的生命是未完成的；这就是说，生命里有些十分具体且世俗的东西，个体立足于其上，同意融入这些东西，同意被遗忘：家庭、子孙、氏族、国家。这就是说，个体作为“一切的基础”是一种幻象，一种赌注，是欧洲几个世纪的梦。

有了加西亚·马尔克斯的《百年孤独》，小说的艺术似乎走出了这场梦，注意力的中心不再是一个个体，而是一整列的个体。这些个体每一个都是独特的、无法模仿的，然而他们每一个却又只是一道阳光映在河面上稍纵即逝的粼粼波光；他们每一个都把未来对自己的遗忘带在身上，而且也都有此自觉；没有人从头到尾都留在小说的舞台上；这一整个氏族的母亲老乌苏娜死时一百二十岁，距离小说结束还有很长的时间；而且每一个人的名字都彼此相似，阿卡蒂奥·霍塞·布恩蒂亚、霍塞·阿卡蒂奥、小霍塞·阿卡蒂奥、奥雷连诺·布恩蒂亚、小奥雷连诺，为的就是要让那些可以区别他们的轮廓变得模糊不清，让读者把这些人物搞混。从一切迹象看来，欧洲个人主义的时代已经不再是他们的时代了。可是他们的时代是什么？是回溯到美洲印第安人的过去的时代吗？或是未来的时代，人类的个体混同在密麻如蚁的人群中？我的感觉是，这部小说带给小说艺术神化的殊荣，同时也是向小说的年代的一次告别。

三

黑名单或向阿纳托尔·法朗士致敬的嬉游曲

一

从前，一个法国朋友在几个同胞的围绕中来到布拉格，我也就这么和一位女士待在同一辆出租车里，不知该聊什么话题，于是我傻里傻气地问了她最喜欢哪一位法国作曲家。她不假思索的坚定答复直到此刻还留在我的脑海里："绝对不是圣桑！"

我忘记问她："您听过他的哪些作品？"我想，她一定会以更愤慨的声音回答我："圣桑的作品？当然什么都没听过！"因为对她来说，这并不是对于某种音乐的厌恶，而是更严重的事：她不要跟一个刻在黑名单上的名字连在一起。

二

黑名单。这些名单早在第一次世界大战前就已经激发了前卫艺术家的无数热情。我约莫三十五岁的时候，曾经将法国诗人阿波利奈尔的诗翻译成捷克文，就是在那时候，我读到他在一九一三年写的宣言，他在宣言里发送“大便”和“玫瑰”。大便送给但丁、莎士比亚、托尔斯泰，还送给爱伦·坡、惠特曼、波德莱尔！玫瑰则送给他自己，送给毕加索、斯特拉文斯基。这份宣言迷人又好笑（阿波利奈尔送给阿波利奈尔的玫瑰），我获益良多。

三

十年后，我移居法国不久，有一天和一个年轻人闲聊时，他突然问我:“您喜欢巴特吗?”在那个年代，我已经不再天真了，我知道那是一场考试，我也知道，罗兰·巴特在此刻象征着所有金色名单上的头牌。我回答:“我当然喜欢。这有什么好问的！您说的是否定神学的创始者卡尔·巴特吧！他是个天才！没有他，我们无法想象会有卡夫卡！”我的主考官从来没听过卡尔·巴特，但是，既然我说他跟卡夫卡这个绝对神圣而不可侵犯的名字连得起来，他也就无话可说了。我们的谈话于是岔入了其他主题。我对我的回答很满意。

四

同一时期，在一次晚餐上，我又得通过一场考试了。有个乐迷想知道我最喜欢的法国作曲家是哪一位。啊，旧戏重演了！我其实可以回答:“绝对不是圣桑！”可是我却让自己接受另一段回忆的引诱。我的父亲在一九二〇年代从巴黎带回米约的钢琴曲，并且在捷克斯洛伐克演出，面对着现代音乐演奏会疏疏落落（非常疏落）的听众。这段回忆打动了我，我于是承认我对米约以及整个“六人组”的喜爱。我非常热情地告白，因为我对于我刚刚落脚、刚刚开始第二人生的这个国家满怀着爱，我也想在我热情的赞美里以这种方式表达我对法国的崇敬。我的新朋友们带着善意听我说。他们也带着善意，婉转地让我明白，我认为是现代的那些人，早就不再是现代了，我得再找些其他名字来赞美。

事实上，这种事一直在发生，这些人从一个名单被移到另一个名单上，天真的人就这样被耍来耍去。一九一三年，阿波利奈尔将玫瑰献给斯特拉文斯基，他并不知道，一九四六年，阿多诺会把玫瑰献给勋伯格，却庄严地将大便颁赠给斯特拉文斯基。

而齐奥朗！从我认识他开始，他就不断地从一个名单晃到另一个名单上，直到人生近黄昏的时候才定居在黑色上头。也是他，在我刚到法国不久的时候，我当着他的面提起阿纳托尔·法朗士，他带着狡黠的笑，靠在我耳边低声说：“千万不要在这里大声说出他的名字，所有人都会嘲笑您的！”

五

阿纳托尔·法朗士的送葬队伍长达几公里。后来，一切都翻转了。四个年轻的超现实主义诗人受到他去世的刺激，写了一本攻击他的小册子。他在法兰西学院的座席空了出来，另一位诗人保罗·瓦莱里获选为院士，坐上他的座席。依照传统仪式，他得宣读赞美死者的颂词。这篇颂词已经成为传奇，在整个宣读的过程中，他可以谈论法朗士却不说他的名字，他可以颂扬这位无名氏，却带着某种刻意有所保留的意味。

事实上，从他的棺木触到墓穴深处的那一刻起，走向黑名单的进程就已经为他开启。事情怎会如此？几个听众有限的诗人说的话，竟然可以影响超过百倍的群众？那成千上万跟着棺木游行的人，他们的崇敬之情消失到哪里去了？这些黑名单，它们的力量从何而来？它们遵从的密令来自何处？

沙龙。世界上没有任何地方像法国，可以让沙龙扮演如此重要的角色。数世纪的贵族传统，后来又加上巴黎，在这个城市，全国的知识分子精英们挤在一个狭窄的空间里，制造他们的见解。他们不是靠批判的研究、博学的讨论来宣传这些见解，而是靠一些精彩的句子、文字游戏、闪亮诱人的恶毒话语（于是，去中心化的地方，恶意就会稀释，中心化的地方，恶意就会聚集）。再来谈一下奇奥朗。在我确定他的名字在所有黄金名单上的年代，我遇到一位著名的知识分子。“齐奥朗？”他悠悠地望着我的眼睛，似乎憋了很久的笑意，才对我说出，“一个虚无放肆的公子哥儿……”

六

我十九岁的时候，有个约莫大我五岁的朋友，他是忠实的共产党员（和我一样），二战期间他是抵抗运动的成员（他是真正的抵抗运动战士，曾经出生入死，我也因此而崇拜他），他把他的计划告诉了我，他要做一套新版的扑克牌，里头的国王、王后、侍从将由列宁、模范工人斯达汉诺夫和游击队员取代。这个点子很棒，不是吗？可以把人民对于扑克牌的古老情感和政治教育结合起来。

后来有一天，我读到法朗士的小说《诸神渴了》的捷克文译本。书里的主角加默兰是一个年轻画家，他也是主张推动民主的雅各宾党人，他发明了一种新的扑克牌，以自由、平等、博爱取代了国王、王后和侍从……我看得目瞪口呆。历史不过是一首漫长的变奏组曲吗？我很确定法朗士写的东西，我的朋友连一行都没读过。（没有，绝对没有；我特意去问过他这件事。）

七

年轻的时候，我尝试在这个正在堕入专制独裁深渊的世界里找到方向，没有人预见或想要或想象过这样的世界，尤其曾经热切渴望并且欢迎它到来的那些人更是无法想象。当时能把这未知世界的一些事清晰地告诉我的唯一一本书，就是《诸神渴了》。

加默兰，这个发明新版扑克牌的画家，或许就是“介人艺术家”的第一幅文学肖像。在共产党统治的初期，我在身边看过多少这样的人啊！不过，法朗士的小说吸引我的地方不是加默兰的揭发，而是加默兰的奥秘。我说“奥秘”，是因为这个把数十人送上断头台的人，在过去某个时期一定也曾经是个和善的邻人，一个好同事，一个有才华的艺术家。一个诚实正直无可争议的人，他的体内有可能隐藏着一头怪兽吗？在政治风平浪静的年代，这头怪兽是不是一样会在他身上现形？这是无从探测的吗？还是可以感受得到？我们既然认得这些狰狞的加默兰，那么我们是否有能力在今日围绕我们身边的这些和善的加默兰当中，隐约认出那头沉睡中的怪兽？

在我的祖国，当人们摆脱了意识形态的幻觉，“加默兰的奥秘”也不再令人感兴趣了——一个混蛋就是一个混蛋，哪有什么奥秘？存在之谜消殒在政治的确定性之后，确定性对于谜都是不屑一顾的。这就是为什么，尽管人们有丰富的生命经验，在通过历史的磨难之后，却依然愚笨，一如走入磨难之初。

八

加默兰公寓上头的阁楼有个破烂的小房间，住的是最近财产才被充公的银行家布罗托。加默兰和布罗托：小说两头的端点。在他们奇怪的对手戏里，与罪恶对立的并非美德，与革命作战的也并非反革命。布罗托并未领导任何抗争，他没有野心要让自己的想法强压过当时的主流思想，他只是主张他的权利——他有权拥有不见容的想法，他不只有权怀疑革命，也有权怀疑上帝创造出来的这样的人。在我的态度逐渐成形的年代，这个布罗托让我深深着迷；不是因为他有什么具体的想法，而是因为他的态度，一个拒绝信仰的人。

后来再思考布罗托的问题，我理解到，在共产主义的年代，不同意共产党政权的，有两种基本形式：一种是以某种信仰为基础的不同意，另一种则是以怀疑主义为基础；一种是说教式的不同意，另一种是不说教的；一种是清教徒式的不同意，另一种是放荡的。（在共同敌人的遮蔽下，这两种态度几乎看不见彼此的分歧；在共产党政权之后，它们的分歧才激烈涌现。）

九

我的朋友和他的扑克牌呢？他和加默兰一样，都没有成功地把这个点子推销出去。可是我看他一点也不觉得闷。因为他有幽默感，他跟我说起这个计划时，我还记得，他笑了。他自己也意识到这个点子很滑稽，可是在他看来，一个滑稽的点子为什么不能同时也是一个可以用在好事上头的点子呢？如果拿他和加默兰相比，我想，区分他们的是幽默感，而且肯定的是，由于幽默，我的朋友永远不会变成刽子手。

在法朗士的小说里，幽默时时刻刻都在（不过是低调的）。就拿《鹅掌女王烤肉店》来说，我们读了怎能不开心？可是，这史上最惨的悲剧之一，这片染血的土地，关幽默什么事呢？然而，独特、新意、令人赞赏之处就在这里：面对一个如此严肃的主题，能够抵挡近乎无可避免的夸张语汇。因为只有幽默感才能暴露出别人身上缺少的幽默感，并且要用恐惧让它暴露出来。只有属于幽默的清晰意识才能看到加默兰灵魂底层的黑色秘密，那里是严肃的荒漠，没有幽默感的荒漠。

一〇

《诸神渴了》的第十章，轻盈、欢愉、快乐的气氛集中于此。

从这里开始，这样的光延伸到整部小说，少了这一章，这部小说就会黯淡，就会失去一切魔力。在恐怖时代[1]最黑暗的日子里，几个年轻画家、加默兰和他的朋友德玛依（爱说笑话的花花公子）、一个有名的女演员（身边还有其他几个年轻女子）、一个画商（和她的女儿爱洛迪，也就是加默兰的未婚妻），甚至布罗托也在这群人当中（他也是业余画家），众人结伴离开巴黎去游玩，一起嘻嘻哈哈地过了两天。在这短暂的时间里，发生的净是些平凡无奇的琐事，但也正是这平凡无奇，闪耀着幸福之光。唯一的艳事（德玛依和一个年轻女孩做爱，这女孩横长竖短，因为她的骨架有一般人摊开的两倍大）既无关紧要又荒诞不经，不过却是快乐的。加默兰，这位革命法庭的新进成员，跟这群人待在一起觉得很自在，他的反应和布罗托完全一样，而他在未来会将布罗托送上断头台。他们之间的联系是对彼此的好感，这份好感又因为大多数法国人已经对大革命及其滔滔雄辩感到无所谓而显得更容易维持。这种无所谓，当然是小心翼翼包藏起来的，所以加默兰并没有察觉。他和其他人相处融洽，尽管在融洽的同时，他在人群中其实是孤零零的（孤零零，却还不自知）。

一一

在过去一整个世纪里，成功地把阿纳托尔·法朗士的名字放进黑名单的人并不是小说家，而是一些诗人。首先，是超现实主义者：阿拉贡（那时他改写小说的伟大功业还没开始）、布勒东、艾吕雅、苏波（每个人都写了文章，集成那本小册子）。

他们是自认前卫的年轻艺术家，他们都被这种过度正式的荣光给激怒了。他们是货真价实的抒情诗人，他们将憎恶集中在一

① La Terreur，指法国大革命时期从一七九三年五月到一七九四年七月的这个阶段。

些相同的关键词上。阿拉贡指责死者:“嘲讽”;艾吕雅:“怀疑主义、嘲讽”;布勒东:“怀疑主义,现实主义,没心肝”。所以他们的暴力有某种意义、某种逻辑,尽管布勒东笔下的“没心肝”让我有点困惑。这位特立独行的伟大艺术家,难道想以如此俗滥的用语来鞭尸吗?

而且法朗士在《诸神渴了》里头也提到了心。加默兰和新的工作伙伴们在一起,这些革命法庭的法官得全速判处被告死刑,或者宣告他们无罪。法朗士是这么描写他们的:“一边是不为所动的、温温的、爱说理的人,没有任何激情可以让他们兴奋,另一边的人则是跟着感觉走,他们看起来似乎不太可能接受被告提出的理由,他们*用心在判决。用心在判决的这些人总是在判处死刑。*”(字体变化是我标示的。)

布勒东的观察没错:阿纳托尔·法朗士没有给心很高的评价。

一二

保罗·瓦莱里优雅地谴责了阿纳托尔·法朗士的那篇演说，因为另一个理由而有了划时代的价值：这是在法兰西学院讲坛上宣读的第一篇关于小说家的讲稿，我想说的是，这篇讲稿谈的是一个作家，而他的重要性几乎完全在于他所写的小说。事实上，在整个十九世纪——这个法国小说最伟大的世纪——小说家基本上是被法兰西学院忽视的。这不荒谬吗？

这不尽然是件荒谬的事。因为当时小说家的特质并不符合足以代表一个国家的人的特质——通过他的思想、态度、道德典范。法兰西学院视为理所当然，要求其院士所具有的“伟人”地位，并非小说家野心之所在；小说家向往的地方不在那里；基于小说艺术的天性，小说家秘密、暧昧、嘲讽（是的，嘲讽，超现实主义者的小册子对于这一点非常了解）；而且，小说家隐匿在他的人物之后，我们很难还原出某种信念、某种态度。

就算有某些小说家进入大家的共同记忆，成为“伟人”，这也只是种种历史性的偶然游戏造成的结果，而且，对他们的著作来说，这一向都是灾难。

我想到托马斯·曼努力地想要让人理解他小说里的幽默。这是一种动人而徒劳的努力，因为在那个年代，他的祖国的名字被纳粹主义玷污了，他是唯一可以以古老德国这个文化国度的继承人身份与世界对话的人，他的处境的严肃性——很令人遗憾地——遮掩了他著作里迷人的微笑。

我想到高尔基。他渴望为那些可怜人和他们挫败的革命（一九〇五年那场）做些好事，所以他写了他最糟糕的一部小说《母亲》，这部小说在许久之后（因为党的高层的谕令）成了所谓社会主义文学的神圣典范。他的那些小说（远比我们愿意相信的更自由也更美），就这样消失在雕像所树立的人格背后了。

我也想到索尔仁尼琴。这位伟人是伟大的小说家吗？我怎么知道？我从来不曾打开任何一本他的著作。他那引起巨大回响的坚定立场（我为他的勇气鼓掌）让我相信，我已经预先认识了他所说的一切。

一三

《伊利亚特》的故事在特洛伊城被攻陷之前许久就完结了，故事结束于战争胜负未卜之际，著名的木马在此刻甚至还没出现在尤利西斯的脑袋里。因为第一位伟大的史诗诗人就定下了这么一条戒律：永远不要让个人命运的时间和历史事件的时间碰巧凑在一起。第一位伟大的史诗诗人以个人的命运作为他诗歌的节律。

在《诸神渴了》里头，加默兰和罗伯斯庇尔上断头台的日子是前后几天，他在雅各宾党人失势之际丧生，他的生命节律和历史节律合奏齐鸣。我是不是在心底责怪法朗士破坏了荷马的戒律？是的，可是到后来，我又改变想法了。因为加默兰命运的恐怖就在这里，历史吞没的不只是他的思想、感觉、行动，甚至连时间、连他的生命节律也一并吞没。他是被历史吃掉的人，他是被拿来填塞历史的人，而小说家大胆地捕捉到这种恐怖。

所以我不会说历史时间与小说主角生命时间的巧遇是这部小

说的败笔。然而，我也不会否认，这是这部小说的障碍，因为这两个时间的巧遇，引导读者将《诸神渴了》理解为一部“历史小说”，或是对于历史的一则阐述。这对法国读者来说，是避不开的陷阱，因为在这个国家，大革命已经变成一个神圣的事件，成了国民论战的永恒主题，让人们分裂，彼此对立，所以一部描述大革命的小说会立刻被这永不餍足的论辩所啃噬。

这就解释了为什么出了法国，人们对于《诸神渴了》的理解总是胜过在法国境内。因为这正是每一部情节与特定历史时期贴合得过度紧密的小说所承受的命运；同胞们总是不由自主地在这些小说里寻找他们自己经历过，或者曾经激烈争辩过的东西；他们总是在问，小说提供的历史形象是否与他们所知的相符；他们想要识破作者的政治倾向，他们迫不及待地想要做出判决。要错失一部小说，这是最确定的方法。

因为在小说家的作品里，认识的激情既非针对政治，也非针对历史。那么，小说家面对这些在成千上万各式各样的学术书籍里被描述过、讨论过的事件，还能发现什么新玩意？毫无疑问，法国的恐怖时代看似骇人，但是请仔细读一下发生在欣快的反革命气氛里的最后一章！亨利这个迷人的龙骑兵，他曾经在革命法庭上揭发过一些人，此刻又再度神采奕奕地出现在胜利的人群里！狂热愚蠢的保王党人烧了罗伯斯庇尔的人偶，把马拉的人像吊在路灯杆上。不，小说家写他的小说并不是为了给大革命定罪，而是为了检视大革命的行动者的奥秘，以及随此奥秘而来的其他奥秘，藏身于恐怖之中的喜剧性的奥秘，伴随悲剧而来的烦恼的奥秘，见人头落地而兴奋的心之奥秘，作为人类最后避难地的幽默的奥秘……

一四

所有人都知道，保罗·瓦莱里对于小说的艺术没有太大的敬意：这在他的演说里看得很清楚；他感兴趣的只有法朗士的精神与智识的态度，而不是他的小说。这方面，瓦莱里永远不乏热心的追随者。我打开袖珍本的《诸神渴了》(一九八九年)，书的最后有一份书目推荐了五本关于作者的书，我罗列如下:《论战者阿纳托尔·法朗士》、《热情的怀疑论者阿纳托尔·法朗士》、《怀疑论的冒险(关于阿纳托尔·法朗士精神与智识历程的文集)》、《阿纳托尔·法朗士谈阿纳托尔·法朗士》、《阿纳托尔·法朗士：成长的年代》。这些书名清楚地指出了引人注意的是:(一)法朗士的传记,(二)他对于那个时代的智识冲突的态度。可是，为什么人们对于最重要的部分从来不感兴趣呢？阿纳托尔·法朗士是否通过他的作品，在人的生命这个主题，道出了从未有人说过的东西？他是否为小说艺术带来什么新的东西？如果答案是肯定的，他小说的诗性该如何描述、如何定义？

瓦莱里将法朗士的所有著作和托尔斯泰、易卜生、左拉的著作并列(在短短一个句子里)，他给法朗士的评价是“轻浮的作品”。有时候说者无意，恶意却会变成赞美！其实，法朗士令人赞赏之处正在于他处理恐怖时代的沉重所运用的手法之轻！在法朗士的时代，没有任何一部伟大的小说里头找得到这种轻。隐隐约约，这种轻浮让我想起十八世纪，想起狄德罗的《宿命论者雅克》或伏尔泰的《老实人》。可是在他们的作品里，叙事的轻浮在世界的上空翱翔，而这个世界的日常现实依旧不可见也未被表述；《诸神渴了》里头则始终呈现着日常生活的平庸性这个十九世纪小说的伟大发现，不过不是通过冗长的描述，而是通过细节、关注、惊人的简短观察。这部小说结合了悲惨得令人难以承受的历史和平庸得令人难以承受的日常生活，由于这两个对立的生命面总是在碰撞，在相互辩驳，要让对方显得可笑，它们的结合因此激出了嘲讽的火花。这种结合创造了这本书的风格，同时也创造了一个伟大的主题（大屠杀时期的日常性）。够了，就这样吧，我可不想把自己变成法朗士小说的美学分析者……

一五

我不想，是因为我没准备好。我的记忆里清楚地留存着《诸神渴了》和《鹅掌女王烤肉店》(这两部小说是我过去生命的一部分)，可是法朗士的其他小说只在我心里留下模糊的记忆，而且有些我根本没读过。不过这其实就是我们认识小说家的方式，就算是我们非常喜欢的也不例外。我说:“我喜欢约瑟夫·康拉德。”我的朋友说:“我没那么喜欢。”可是我们说的是同一个作者吗？我读了康拉德的两本小说，我的朋友只读了一本我不知道的。然而，我们两个都在极其天真的情况下(极其天真的鲁莽)，认为自己对康拉德的想法是正确的。

每一种艺术都会发生这种情况吗？不尽然。如果我跟您说，马蒂斯是个二流画家，您只要去一家美术馆花上十五分钟，就可以明白我很蠢。可是要如何重读康拉德的所有作品呢？这可得花上您几星期的时间！不同的艺术以不同的方式到达我们的脑子；不同的艺术以不同的流畅性、不同的速度、不同的无可避免的简化程度进入人脑；还有不同的持续性。大家都在谈文学史，大家都很确定自己知道文学史是怎么回事，可是in concreto①，文学史在共同的记忆里到底是什么？那是一块由片片段段的形象拼凑而成的百衲被，在纯粹偶然的情况下，千千万万的读者，每个人都为自己拼上一块。如此雾气蒸腾、如此虚幻的记忆天幕处处是破洞，我们都只能任凭黑名单的摆布，听任黑名单的任意专断、无从验证的判决，却永远摆出一副愚蠢的优雅姿态。

一六

我找到一封旧信，日期是一九七一年八月二十日，署名路易。这封相当长的信是阿拉贡给我的回信（我已经完全忘记我去信的内容了）。他告诉我过去那个月，他都在忙他的那些书，编辑那儿正在处理（“《马蒂斯》九月十日左右要出版……”），在这样的前后文里，我读到“不过关于法朗士的小册子，实在不值一提，我

---

① 拉丁文，具体来说。

甚至不认为我真的还保存着我大放厥词的那一页，就这么简单”。

我很喜欢阿拉贡在战后写的小说,《圣周风雨录》、《处死》……许久以后，他帮我的小说《玩笑》写了一篇序言，我很高兴能面对面认识他，我想要延续我们的关系。我的行为跟上回在出租车里没有两样——为了找话讲，我问那位女士最喜欢哪位法国作曲家。为了摆出一副对于超现实主义者攻击阿纳托尔·法朗士的小册子十分了解的架势，我肯定是在信里问了阿拉贡什么问题。今天，我可以想象他些微的失望:“这篇大放厥词的烂文章，难道是我写过的所有文字里头，唯一让这个昆德拉感兴趣的东西？”而且(更让人感伤的是):“难道我们之间只剩下这种不值一提的事可以谈？”

一七

这篇文章就要划下最后的句点了，我还是要再提第十章作为告别。这个章节是在小说的前三分之一点亮的一盏灯，它不断以温柔的微光照亮这部小说，直到最后一页——一小群朋友、波希米亚人一同出城游憩，离开巴黎两天，他们在乡间的一家客栈落脚；每个人都想找些艳事，但只有一桩成了事——夜幕低垂，爱说笑话的花花公子德玛依去阁楼上找一个跟他们同行的年轻女孩；她不在那里，可是他找到了另一个女孩，那是客栈的女侍，一个身形巨大的年轻女孩，由于她的骨架是一般人摊开的两倍大，所以横长竖短；她在那儿睡觉，脱了上衣，两腿岔开；德玛依毫不犹豫地上前和她做爱。这短暂的交媾，这幕可爱的霸王硬上弓，只是描写得很节制的一个小段落。为了不让这段插曲留下任何沉重、丑陋、自然主义的残余，第二天，当这群人准备离去的时候，这个骨架两倍大的女孩爬上梯子，心情好得很，开开心心地向下头的这些人撒花作为告别。约莫两百页之后，在这部小说的最后，德玛依这个搞了大骨架女孩的好心人，出现在爱洛迪的床上（爱洛迪是加默兰的未婚妻，加默兰已经上了断头台）。而这一切没有丝毫夸张的修辞，没有任何控诉，没有任何苦笑，只有一片轻轻、轻轻、轻轻的悲伤薄纱覆在上头……

四

完全传承之梦

关于拉伯雷与“厌恶缪斯”的对话

居伊·斯卡尔佩塔[①]：我记得你说过这段话：“我一直很惊讶，拉伯雷对法国文学的影响竟然这么少。对狄德罗的影响当然很大，当然。塞利纳也是。可是在这之外呢？”你也提到纪德在一九一三年回复一份调查研究时，将拉伯雷逐出他的小说万神殿，而迎入了弗罗芒坦。那你呢？对你来说，拉伯雷代表的是什么？

米兰·昆德拉：《巨人传》是在小说之名存在以前就已经存在的小说。那是个奇迹的时刻，永远不会再现，那时这门艺术的建构还无迹可寻，所以也还没受到规范上的约限。自从小说开始将自己确认为一个特别的种类或者（好一点的话）一门独立的艺术，它最初的自由就缩减了；来了一些美学纠察队，他们自认可以颁布

① Guy Scarpetta（1946—　），法国小说家、文学评论家。

法令，宣布哪些元素是否能响应这门艺术的特质（宣布对象是不是小说），没多久，读者也形成了，他们也有他们的习惯和要求。由于小说的这种*最初的自由*，拉伯雷的作品隐含着美学上无限的可能性，其中有一些在后世的小说演进过程中实现了，有一些则从未实现。然而小说家得到的传承不仅是一切已经实现的，也包括一切曾经可能的。拉伯雷让小说家想起这一点。

斯：所以，塞利纳，他是仅有的几位法国作家，说不定是唯一的、公开明确地为拉伯雷抱不平的作家。对于他的说法，你怎么想？

昆："拉伯雷搞砸了，"塞利纳是这么说的，"拉伯雷想要的，是一种所有人的语言，一种真的语言。他想要将语言民主化[……]让口语进入书写的语言……"依照塞利纳的说法，获胜的是学院派的刻板风格，"……不，法国已经无法理解拉伯雷了，法国变得矫揉造作……"某种矫揉造作，是的，这是法国文学、法国精神的厄运，我同意。不过，我对于塞利纳这篇文章里的这段话，还是持保留态度，他说："我想说的重点就是这些了。其他的（想象力、创造力、喜剧性之类的）我没兴趣。语言，一切都是语言。”在他写下这段文字的年代，在一九五七年，塞利纳还无法得知这种将美学化约为语言的说法会变成未来的一句学院经典蠢话（他应该会厌恶这种东西，这是毋庸置疑的）。事实上，小说也是：人物；故事；结构；风格（种种风格的运用）；精神；想象的特质。譬如，你想一想拉伯雷作品焰火般的各种风格——散文、诗句、可笑事物的罗列、科学言论的戏仿、冥想、讽喻、书信、现实主义的描述、对话、独白、默剧……语言的民主化完全无法解释这形式上的丰富、高明、热情洋溢、游戏、欣快，而且非常刻意（刻意的意思不是矫揉造作）。拉伯雷小说形式的丰富是举世无双的。这正是在后世的小说演进过程中被遗忘的可能性之一。直到三百五十年后，这样的可能性才在詹姆斯·乔伊斯的身上重现。

斯：相对于法国小说家们对拉伯雷的这种“遗忘”，拉伯雷对许多外国小说家来说，却是一个重要的参照——你提到了乔伊斯，当然是，我们也会想到加达，还有一些当代的作家，我就老是听到他们以极大的热情谈到拉伯雷，这些作家包括：达尼洛·基什、卡洛斯·富恩特斯、戈伊蒂索洛，或是你自己……这么看来，小说这个文学类型的“源头”在自己的国家被看轻，却在外国得到平反。你如何解释这种反常的现象？

昆：我只能说我看到这种反常现象最表层的一面。在我约莫十八岁时，令我深深着迷的拉伯雷是以一种赏心悦目的现代捷克文写的。由于拉伯雷的古法文在今天读来确实难以理解，对一个法国人来说，这多少有些死气沉沉、过时、像教科书，而通过（好的）翻译认识拉伯雷的读者，比较没有这样的问题。

斯：在捷克斯洛伐克，拉伯雷是在何时被翻译的？译者是谁？是如何翻译的？这个译本的命运又是如何？

昆：拉伯雷的作品是一群杰出的罗曼语语言学家翻译的，这个小团体叫做“波希米亚的特来美[①]”。第一部《高康大》的译本在一九一一年出版。全书五部在一九三一年出齐。说到这里，我补充一点，在“三十年战争”之后，作为文学语言的捷克文几乎消失了。这个国家在十九世纪开始重生（如同中欧的其他国家），当时它的一大赌注是让捷克文成为一种和其他语言平起平坐的欧洲语言。而翻译拉伯雷的成功，对一个语言的成熟来说，是多么辉煌的明证！事实上，《巨人传》是历来以捷克文书写的最美丽作品之一。对现代捷克文学而言，拉伯雷的启发是相当有分量的。捷克小说最伟大的现代主义者弗拉迪斯拉夫·万楚拉（他在一九四二年被德国人枪决），就是一个热情的拉伯雷拥护者。

斯：那么，拉伯雷在中欧的其他地方呢？

昆：他在波兰的命运跟在捷克斯洛伐克是一样的，塔德乌什·博伊－热伦斯基（他也是被德国人枪决的，时间是一九四一年）的译本非常棒，是波兰文写出的最伟大文字作品之一。让贡布罗维奇神魂颠倒的就是这个波兰化的拉伯雷。贡布罗维奇提起他心目中的"大师"时，一口气讲了三个：波德莱尔、兰波和拉伯雷。波德莱尔和兰波是所有现代主义艺术家习用的一个参照对象。找拉伯雷撑腰，这就比较少见了。法国的超现实主义者不是很喜

① Thélème，《巨人传》中的修道院名。

欢他。在中欧以西，前卫的现代主义幼稚地对抗传统，而且几乎只实现在抒情诗歌的领域。贡布罗维奇的现代主义不一样，它首先是小说的现代主义。而且，贡布罗维奇不想天真地对传统的一切价值提出异议，而是去“重新评价”、“转换价值”（在尼采重新评估一切价值〔Umwertung aller Werte〕的意义上）。拉伯雷—兰波凑成一对，作为一种纲要，这就是对于现代主义的伟大人物们的一种意义深远的新观点，我自己也是如此想象的。

斯：在法国的教学传统里（譬如在文学教科书里头所呈现的），有一种将拉伯雷带往“正经”的倾向，要将拉伯雷变成一个单纯的人文主义思想家，代价是舍弃那些灌溉他作品的游戏、热情洋溢、幻想、猥亵、笑的部分，而这正是巴赫金认为具有价值的“狂欢式”的部分。你如何看待这样的化约，或这样的扭曲？这是在拒绝这个嘲讽一切正统、一切正面思想的部分吗？依你的说法，这种嘲讽构成了小说这个文学类型的本质。

昆：这比拒绝嘲讽、幻想之类的更惨。这是对艺术的冷漠，是拒绝艺术，是对艺术反感，是一种“厌恶缪斯”的行为；他们让拉伯雷的作品偏离一切美学的思考。由于史学与文学理论变得越来越厌恶缪斯，所以关于拉伯雷，只有一些作家说得出有意思的话。一个小小的回忆：在一次访谈中，有人问拉什迪在法国文学里头最喜欢什么，他的回答是“拉伯雷和《布瓦尔与佩居谢》”。这个答复比教科书里很多长篇累牍的文章更意味深长。为什么是《布瓦尔与佩居谢》？因为那是不同于《情感教育》和《包法利夫人》的另一个福楼拜。因为那是不正经的福楼拜。那么，为什么是拉伯雷？因为他是小说艺术里不正经的先行者、创始者、天才。藉由这两个参照，拉什迪将价值赋予不正经的原则，而这正是小说艺术的诸多可能性当中，在小说历史里始终被忽略的一种。

一九九四年

贝多芬的完全传承之梦

我知道，海顿、莫扎特已经时不时地让复调在他们的经典作品里重生，然而，在贝多芬的作品里，同样的重生在我看来却是更执拗，也更深思熟虑。我想到他最后的几首钢琴奏鸣曲，作品一〇六号《钢琴奏鸣曲》的最后乐章是一段赋格，极其丰富的古老复调，却充满新的时代精神——更长、更繁复、更响亮、更有戏剧性、更生动。

作品一一〇号奏鸣曲更令我赞叹，赋格是第三（最后）乐章的一部分，第三乐章是由短短的一个乐节（标示着朗诵调〔recitativo〕的几个小节）所引入的，旋律在这里失去歌的特质，变成话语；不规则的节奏让旋律变得激烈，再加上同一个音以十六分音符、三十二分音符坚定地重复；接下来是一段分为四部分的曲子：第一部分：一个小抒情调（arioso）（完全是主调音乐：一段踏着弱音踏板〔una corda〕的旋律，伴着左手的和弦；古典的宁静安详）；第二部分：赋格；第三部分：同一个小抒情调的变奏（同样的旋律变得生动、哀怨；浪漫的心碎）；第四部分：同样的赋格的延续，相反的主题（由弱到强，在最后四个小节里转化为主调音乐，剥除了一切复调音乐的痕迹）。

所以，在十分钟的狭小空间里，这个第三乐章（包括它短短的序曲）以情感及形式上奇特的混杂而独树一格，然而听众却浑然不觉，因为这般的繁复听来竟是如此简单而自然。（希望这是个好例子：伟大的大师所做的形式创新总是有某些低调之处，这才是真正最了不起的，只有那些渺小的大师所做的创新才会刻意提醒人去注意。）

贝多芬将赋格（复调音乐的典范形式）引入奏鸣曲（古典主义音乐的典范形式）的时候，仿佛把手放在两个伟大时代因过渡而生的伤痕上——前一个时代始于十二世纪的第一个复调音乐，直到巴赫，后一个时代的基础则是我们习称的主调音乐。他仿佛不断自问：复调音乐的传承是否依然属于我？如果答案是肯定的，那么，要求每个声部都清晰可闻的复调音乐如何能够适应最近发现的管弦乐团（还有，如何适应从平实的老钢琴到“槌子键钢琴”的转变）？它们丰富的音质让个别的声部不再清晰可辨。而复调音乐宁静安详的精神如何能抵挡伴随古典主义而生的音乐在情感上的主观性？这两种如此对立的音乐概念能否共存？而且共存于同一个音乐作品里（作品一〇六号奏鸣曲）？而且更紧密地，共存于同一个乐章（作品一一〇号的最后乐章）？

我想象贝多芬谱写这些奏鸣曲时，梦想成为自始至今所有欧洲音乐的传承者。我说他怀抱的这个梦——伟大的综合手法之梦（综合两个明显无从和解的时代）——直到一百年后才由现代主义最伟大的作曲家圆满地实现，特别是勋伯格和斯特拉文斯基。尽管这两位作曲家在完全对立的道路上前行（或者是阿多诺认为他们完全对立[①]），他们却不是（不仅是）先驱的后继者，而是全然自觉地，作为整个音乐历史的完全传承者（或许是最后的传承者）。

原小说，为卡洛斯·富恩特斯生日而写的公开信

亲爱的卡洛斯：

这是你的一次生日，对我来说也是一个周年纪念日。七十年前你诞生了，而我第一次遇见你则是整整三十年前的事了，在布拉格。你来到布拉格，就在苏联入侵之后几个月，和胡利奥·科塔萨尔、加夫列尔·加西亚·马尔克斯一起，来表达你对我们这些捷克作家的忧虑。几年之后，我到法国定居，你当时是墨西哥的驻法大使。我们经常碰面聊天。谈一点政治，谈很多小说。尤其是后者，我们彼此的看法非常

---

① 关于斯特拉文斯基和勋伯格之间的关系，我在《纪念斯特拉文斯基即席之作》(《被背叛的遗嘱》第三部分）详细说明过：斯特拉文斯基的作品整体来说，是从十二世纪长途旅行到二十世纪的欧洲音乐的一个伟大总结。勋伯格也在他的音乐中拥抱整个音乐历史的经验，但他用的不是斯特拉文斯基“水平的”、“史诗的”、漫步的方法，而是仅止于他“十二音列体系”的综合手法。阿多诺将这两种美学放在完全对立的两端。他没看见在远处让这两种美学靠近的东西。—— 原注

接近。

那时我们谈到你巨大的拉丁美洲和我小小的中欧之间，有着令人惊讶的亲近性，分踞世界两端的两个地方却同样带着巴罗克历史记忆的印记，这让小说家对于幻想、魔法、梦境的想象所散发的魅力极其敏感。还有另一个共同点：这两个地方都在二十世纪小说——现代小说，也可以说，后普鲁斯特的小说——的演进过程中扮演了决定性的重要角色：先是在一九一〇、二〇、三〇年代，我们欧洲这边伟大的小说家众星云集：卡夫卡、穆齐尔、布洛赫、贡布罗维奇……（我们都很惊讶，我们两个都对布洛赫有同样的崇敬，而且我觉得，应该更甚于这位小说家的同胞对他的喜爱；但是又不同，因为对我们来说，布洛赫为小说打开了一些新的美学的可能性；所以对我们来说，他首先是《梦游者》的作者），接着在一九五〇、六〇、七〇年代，则是另一群闪耀的明星，在你那边，他们继续改造小说的美学：胡安·鲁尔福、卡彭铁尔、萨瓦托，然后是你和你的朋友们……

我们决心怀抱两种忠诚——忠于二十世纪的现代艺术革命，忠于小说。两种完全无法汇聚的忠诚。因为前卫艺术(意识形态化的现代艺术)始终将小说流放于现代主义的门外，视之为过气的东西，因袭常规至无可救药的地步。后来，就算在五〇、六〇年代，发展迟缓的前卫艺术家想要创造、主张他们的小说现代主义，他们所走的路也是纯粹否定性的道路：没有人物、没有情节、没有故事的小说，如果可能的话，也没有标点，小说，在这样的情况下也乐于被称为反小说(anti-roman)。

奇怪的是：创造现代诗的那些人没有主张要做反诗歌(anti-poésie)。相反地，自波德莱尔以降，诗的现代主义向往的是要彻底接近诗的本质，接近诗最深层的特质。在这样的意义下，我想象的现代小说并非反小说，而是原小说(archi-roman)。原小说：第一，它专注于只有小说能说的事；第二，它让小说的艺术在小说四个世纪的历史里所累积但却被忽略、遗忘的一切可能性获得重生。我读你的《我们的土地》已经是二十五年前的事了。我读的是一部原小说。证据是这部小说曾经存在，这部小说可以继续存在。小说伟大的现代性。它令人着迷而且困难的创新之处。

我拥抱你，卡洛斯！

米兰

我在一九九八年为《洛杉矶时报》写了这封信。今天，我可以加上什么？就是这几句关于布洛赫的文字了：

在他的命运里，那个时代的欧洲刻画着悲剧。一九二九年，他四十三岁那年，开始写三部曲小说《梦游者》，完成于一九三二年。他生命日正当中的四年！他满怀自豪的心情，十足地自信，当时他把《梦游者》的诗意视为“一个完全原创的现象”（一九三一年的信），将会开启“文学演进过程里的一个新时期”（一九三〇年的信）。他想得没有错。可是《梦游者》才刚完成，他就看到在欧洲“虚无的长征开始了”（一九三四年的信），“在这恐怖的时代，文学百无一用”（一九三六年的信）的感觉开始占据他的心绪；他被捕入狱，之后被迫移居美国（从此他不曾再看见欧洲），而正是在这黑色的年代，他写了《维吉尔之死》，灵感来自维吉尔决心摧毁他的《埃涅阿斯纪》的传说——这是以小说形式书写，以小说艺术为对象的一场庄严的告别，同时，对他来说，这也是一次“私人的死亡准备动作”（一九四六年的信）。事实上，除了几篇旧作的改写（还是很棒）之外，他放弃了文学这个“成功与虚荣的事业……”（一九五〇年的信），退缩在学者的研究室里，直到过世（一九五一年）。学界人士和哲学家们（包括汉娜·阿伦特）满脑子想的都是他在美学上的弃绝背后极其独特的心理，因而关心的多是他的态度、他的想法，而非他的艺术。这是非常可惜的事，因为会让他流传后世的不是学术著作，而是他的小说，尤其是《梦游者》和这部小说“完全原创”的诗意，在其中，布洛赫理解小说现代性的方式是以伟大的综合手法将一切形式的可能性拿来做实验，这种综合的手法是前无古人的。一九九九年，《法兰克福汇报》做了一整年关于全世界各地作家的调查报告；每个星期都有一位作家说出他心目中这个世纪最伟大的文学作品（并且说明选择此书的理由）。富恩特斯选了《梦游者》。

完全拒绝传承或伊安尼斯·泽纳基斯

（本文发表于一九八〇年，二〇〇八年加上两段间奏）

一

时间是苏联入侵捷克斯洛伐克两三年后。我爱上了瓦雷兹和泽纳基斯的音乐。

为什么呢？我问自己。是因为赶前卫的时髦吗？在我生命孤独的这个时期，赶时髦应该是毫无意义的。那是因为内行人的兴趣吗？或许我勉勉强强可以说我理解巴赫某一首曲子的结构，但是面对泽纳基斯的音乐，我毫无用武之地，我完全不懂，完全外行，也就是说，我只是个一无所知的一般听众。然而，当我贪婪地听着他的作品时，我感受到一股真诚的欢愉。我需要这些音乐，它们带给我一种奇异的慰藉。

是的，我说的是慰藉。我在泽纳基斯的音乐里找到一种慰藉。

我在我的生命和祖国最黑暗的时期学会爱上他的音乐。

可我为什么要在泽纳基斯的音乐里寻找慰藉，而不是在斯梅塔纳的爱国音乐里？或许我可以在他的音乐里，为我刚被判处死刑的祖国找到永垂不朽的幻象。

灾难降临我的祖国（灾难的后果将祸延百年），我们的幻想因而破灭，幻灭的范围并不仅止于政治事件。这幻灭关系到人的原貌，关系到人及其残酷，还有可耻的不在场证明（以此掩饰其残酷），这也关系到总是以情感将野蛮行为正当化的人。我明白情感的波动（在私人生活和公共生活里）和暴行并不矛盾，但是前者分不清它和后者有何不同，前者成了后者的一部分……

二

我在二〇〇八年加上这些文字：在我的旧作里读到关于“我刚被判处死刑的祖国”和“灾难降临我的祖国（灾难的后果将祸延百年）”这些句子，我心里自动升起一个念头，想把它们删掉，因为这些句子在此刻无论怎么看都很荒谬。后来我克制住了，甚至因为我的记忆想要自我查禁而感到轻微的不快。这正是记忆的美丽与哀愁——记忆因为得以忠实保留往事连接的逻辑而感到自豪，至于我们以何种方式经历这些往事，记忆并不认为自己和任何真相的义务有所关联。记忆想要删去这些小段落的时候，不会有丝毫说谎的罪恶感。就算它想说谎，不也是以真相之名吗？因为事实不就是如此吗？在这段时间当中，历史已经将苏联占领捷克斯洛伐克这件事，变成了世人早已遗忘的一段单纯的小插曲。

当然是的。然而，我和我的朋友们经历这段插曲的时候，曾经将它当成一场看不见希望的灾难。倘若我们遗忘当时的心境，就完全无法理解这个年代的意义，也无法理解其后续影响。令我们绝望的，并不是共产主义政权。政权来来去去，可是文明的边界会持续下去。我们被另一个文明以武力吞食。当时在苏联，多少国家正在失去一些东西，甚至失去它们的语言和国家身份。我这才豁然明白了这个显而易见的事实（这个显而易见却令人惊讶的事实）：捷克并非不朽的国家，它也有可能不存在。如果少了这个萦绕心头的想法，我对泽纳基斯奇怪的迷恋是无法理解的。他的音乐让我和无可避免的终局得以和解。

三

回到一九八〇年的文章：说到以情感将人的残酷正当化，我想起荣格的一个想法。他在分析《尤利西斯》的时候，称詹姆斯·乔伊斯为“非感性的先知”。他写道：“我们都拥有某些支点，这说明了为何我们在情感上遭受的愚弄与欺骗真是不成比例。想一想战争时代人民情感所扮演的真实灾难性角色[……]感性是暴行的一个上层结构。我认为我们都是囚犯[……]被囚禁在感性之中，因此，我们应该完全可以接受，在我们的文明里会冒出一位补偿性的非感性的先知。”

尽管是“非感性的先知”，詹姆斯·乔伊斯还是可以当小说家。我甚至认为，他可以在小说的历史里找到他“先知预言”的前辈。小说作为美学的范畴，并非必然要与人的情感概念有所联系。

相反地，音乐就无法逃离这个概念。

一首斯特拉文斯基的曲子若要否认自身作为情感的表达，终归枉然，因为单纯的听众无法以其他方式理解。这是音乐的魔咒，是音乐愚蠢的一面。只要小提琴手演奏一段广板的前三个长音符，敏感的听众就会叹息道："啊，多美啊！"在这前三个勾动情感的长音符里，没有任何东西，没有任何发明，没有任何创造，什么都没有——这是最可笑的一种"情感上遭受的愚弄与欺骗"。可是没有人可以逃脱这种感受音乐的方式，也没有人可以在音乐的刺激下，不发出这种荒谬的叹息。

欧洲音乐的基础是人造的音（来自一个音符或一个音阶），因此欧洲音乐和这个世界客观性的声响是对立的。从诞生伊始，欧洲音乐就连结在一种无法克制的惯例上，想要表达某种主观性。欧洲音乐对立于外在世界原生的声响，如同感性的灵魂对立于世界的非感性。

然而时候终于会到（在一个人的生命里，或在一个文明的生命里），温情（此前都被视为某种让人更有人性的力量，可以缓和人的理性的冰冷）转瞬现出真面目，变成“暴行的上层结构”（始终表现在恨、在复仇中，在追求血腥胜利的激情里）。当时我觉得音乐宛如震耳欲聋的情感噪音，泽纳基斯的曲子所形成的声音世界变成一种美，洗尽情感脏污秽垢之后的美，没有温情野蛮行为的美。

四

我在二〇〇八年加上这些文字：纯然因为巧合，在我想到泽纳基斯的这几天，我看的是一位年轻奥地利作家托马斯·格拉维尼克的书：《夜的工作》。三十岁的男人约拿斯一早醒来，发现他所在的世界是空的，没有人。公寓、街道、商店、咖啡馆，什么都在，都没改变，一如从前，昨天还住在这里的人，他们所有的痕迹都在，只是人已经不见了。小说讲的是约拿斯游荡的故事，他横越这个被遗弃的世界，步行，然后上车，换车，既然所有的车都在那儿，没有主人，他当然可以随心所欲。几个月的时间里，在他自杀之前，他就这样走遍世界绝望地寻找他生命的痕迹，寻找自己的回忆甚至别人的回忆。他望着那些房屋、城堡、森林，想着曾经看过这些景物而如今已不存在的无数世代；他明白了，自己所见的一切无非就是遗忘，而绝对的遗忘从他不再存在的那一刻起，终将告成。而我，也再一次想起这个令人惊讶的事实（这个显而易见却令人惊讶的事实）：一切存在的东西（国家、思想、音乐）也都有可能不存在。

五

回到一九八〇年的文章：尽管乔伊斯是“非感性的先知”，他仍旧可以是小说家；相反地，泽纳基斯却得走出音乐。他的创新特质不同于德彪西或勋伯格。这两位作曲家从来不曾失去他们与音乐历史的联系，他们永远可以“走回头路”（他们也常常走回去）。对泽纳基斯来说，桥都断了。梅西昂说过这样的话：泽纳基斯的音乐“并不是彻底新的东西，而是彻底不一样的东西”。泽纳基斯不是对立于某一个音乐的前期。他是从整个欧洲的音乐，从整个欧洲音乐的传承转身离去。他把他的起点放置在别处，不是在由一个音符构成、为了表达某种人的主观性而与自然分离的人造声音（son）之中，而是在世界的噪音（bruit）里，不是从心的内里涌出，而是从外面传到我们身上的“一群声响”，宛如雨的脚步，宛如工厂般嘈杂，宛如一群人的叫声。

他关于声音与噪音的实验超越了音符与音阶，这些实验能否在音乐的历史上创立一个新的时期？这些实验是否将常驻于乐迷的回忆？没有比这更确定的事了。留下来的，将是彻底拒绝的手势，因为这是第一次有人胆敢对欧洲音乐说出放弃它、遗忘它的可能性。（这是偶然吗？泽纳基斯年轻的时候曾经以任何作曲家都无缘经历的方式见识了人性，他在内战之中经历了大屠杀，被判处死刑，他俊美的脸上留着一道永远的伤口……）我想到的是必然性，我想到这个必然性的深层意义，它引领泽纳基斯决心以世界的客观性声响对抗一个灵魂的主观性发出的声音。

五

美丽宛如一次
多重的相遇

传奇的相遇

一九四一年，安德烈·布勒东在移居美国的途中，在马提尼克稍作停留，他被支持维希政权的当地政府拘禁了几天，后来又被释放。他在法兰西堡闲晃时，在一家针线行看到一本当地的小期刊《热带》。他赞叹不已，在他生命的这个凶险时刻，这本期刊仿佛诗歌与勇气的光，照拂在他身上。很快地，他认识了编辑团队，那是以艾梅·塞泽尔为中心的几个二三十岁的年轻人，布勒东整天都跟这群人待在一起。对布勒东来说，这是愉悦，是鼓舞。对马提尼克人来说，这是美学的启发与难以忘怀的魅力。

几年以后，布勒东于一九四五年踏上归返法国之途，他在海地的太子港短暂停留，进行了一场讲座。岛上所有的知识分子都来了，其中包括非常年轻的作家雅克·斯特凡·亚历克西、勒内·德佩斯特。他们听着布勒东说话，他们和几年前的马提尼克人一样着迷。他们的期刊《蜂群》(又是一本期刊！是的，那是期刊的盛世，这样的年代已经一去不复返了），为布勒东做了一期特刊；这期特刊被查扣，《蜂群》也被禁了。

对海地人来说，这次相遇短暂而难忘。我用的字眼是相遇，不是交往，不是友谊，也称不上结盟。相遇，意思就是：石火，电光，偶然。亚历克西那时二十三岁，德佩斯特十九岁，他们所知的超现实主义只是非常表面的，譬如他们对于超现实主义的政治境况（运动内部的分裂）就一无所知，他们在心智方面既饥渴又单纯如白纸，布勒东反叛的姿态加上他的美学所宣扬的想象自由吸引了他们。

亚历克西和德佩斯特于一九四六年创立了海地共产党，他们写的都是革命导向的作品。这种当时全世界都在写的文学，受到苏联及其“社会主义现实主义”的强迫影响。然而，对海地人来说，最伟大的大师不是高尔基，而是布勒东。他们不谈社会主义现实主义，他们念兹在兹的，是“神奇事物”的文学——或者“神奇的现实事物”。过没多久，亚历克西和德佩斯特被迫移居国外。后来，亚历克西在一九六一年回到海地，试图继续战斗。他被逮捕，遭受酷刑，处死。他那年三十九岁。

美丽宛如一次多重的相遇

塞泽尔，他是伟大的创始者：马提尼克的政治创始者：在他之前，马提尼克没有政治。他同时也是马提尼克文学的创始者，他的《返乡笔记》(这是完全原创的诗，我无法以任何事物比拟。“当代最伟大的不朽之作”，布勒东如是说)是马提尼克的基石(对整个安的列斯群岛来说，肯定也是)，就像密茨凯维奇的《塔杜施先生》之于波兰，或是裴多菲的诗之于匈牙利。换句话说，塞泽尔是双重的创始者，两个基石(政治的与文学的)在他这个人身上相遇。可是和密茨凯维奇或裴多菲不同的是，他不只是创始的诗人，他同时也是现代诗人，他是兰波和布勒东的传承者。两个不同的时代(肇始之初和全盛时期)在他的诗作里神奇地相互拥抱。

《热带》一共九期，编辑的年代介于一九四一年和一九四五年间，不断在处理三个重要主题，这三个主题肩并肩，看起来也像是从来不曾在世界上任何前卫期刊出现过的一次独特相遇：

（一）马提尼克的解放，文化的与政治的：关注非洲文化，尤其是黑色非洲的文化；回顾奴隶制的过去；踏出“黑人性”（négritude）思想的第一步（“黑人性”是塞泽尔提出的挑战性说法，来自“nègre”〔黑人〕这个字眼蔑视的意涵）；马提尼克文化与政治处境的概况；反对教权主义与反对维希政权的争论。

（二）现代诗与现代艺术的宣教：颂赞现代诗的英雄兰波、洛特雷阿蒙、马拉美、布勒东。从第三期开始，完全是超现实主义的导向（容我强调一点，这些年轻人尽管非常政治化，也没有为政治而牺牲诗歌。对他们来说，超现实主义首先是一种艺术的运动）；认同超现实主义青春洋溢的激情：“神奇的事物永远美丽，任何神奇的事物都是美丽的，甚至只有神奇的事物才是美丽的。”布勒东这么说，而“神奇的事物”就成了他们的通关密语。布勒东这些句子的句型（“美丽将是抽搐的，不然就不会美丽”）经常被仿效，洛特雷阿蒙“美丽宛如一台缝纫机和一把雨伞在解剖台上不期而遇……”这句话的句型也是。塞泽尔则说：“洛特雷阿蒙的诗，美丽宛如征用财产的法令。”（布勒东也说过：“艾梅·塞泽尔的话语，美丽宛如初生的氧气。”）诸如此类。

（三）建立马提尼克的爱国主义：渴望拥抱岛屿犹如自己的家，犹如必须彻底认识的祖国，一篇是关于马提尼克各种动物的长文，另一篇是关于马提尼克的植物，关于其命名的起源。还有民间艺术，出版、评论克里奥尔的故事。

关于民间艺术，我补充一下。在欧洲，发现民间艺术的是浪漫派的布伦坦诺、阿尼姆、格林兄弟，还有李斯特、肖邦、勃拉姆斯、德沃夏克，人们认为民间艺术对现代主义者已经没有吸引力了。这是错的。不只是巴托克和雅纳切克，还有拉威尔、米约、法雅、斯特拉文斯基，他们都喜欢大众音乐，也在其中发现一些被遗忘的音调、不知名的节奏、某种粗鲁、某种直接，这些都是演奏厅的音乐失去已久的。不同于浪漫派的是，民间艺术肯定了现代主义者不从众随俗的美学。马提尼克艺术家的态度也是一样的，民间故事天马行空的一面，对他们来说，和超现实主义者宣扬的想象自由是混在一起的。

一把永远勃起的雨伞和一台制服缝纫机的相遇

德佩斯特。我读了一九八一年那本短篇小说集，症候式的书名《花园女人之歌》。德佩斯特的色情：所有的女人都洋溢着性，连路标都兴奋地转过来看着她们。男人们则是满脑子淫欲，随时都可以做爱，无论在科学研讨会、外科手术室、太空火箭，还是在马戏团的高空吊杆上。一切都是为了纯然的欢愉，这里头没有心理、道德、存在的问题，人们活在一个败德与纯真都是同一回事的世界里。通常，这种抒情诗式的陶醉会让我觉得无趣；如果有人在我读过之前就跟我谈了这些书，我是不会打开它们的。

幸好，还不知道要读的内容是什么我就读了，而一个读者能遇到的最棒的事情也发生在我身上了，我爱上——因为信念（或者因为天性）——我原本不会喜欢的东西。任何人，只要比德佩斯特才华稍逊，若想表达同样的东西，可能只会写出类似的可笑作品，然而德佩斯特是个真正的诗人，或者以安的列斯的方式来说，他是个真正的神奇事物的大师。他成功地将此前不曾有人写下的东西，登录在人的存在地图上——快乐而天真的色情、自由放纵如在天堂的性欲几乎无法到达的极限。

后来我读他的另一本短篇小说集，书名是《中国火车上的爱神》，我特别留意到几个发生在共产主义国家的故事，这些国家在当时对这位被祖国驱逐的革命分子敞开双臂。今天我带着惊讶与温柔想象着，这位海地诗人的脑子里装满疯狂的色情幻想，在最暴虐的年代横越斯大林主义的荒漠——当时盛行的是令人难以置信的清教主义，当时一丝一毫的色情自由都得付出昂贵的代价。

德佩斯特与共产主义的世界：永远勃起的雨伞与制服及裹尸布缝纫机的相遇。他说着他的爱情故事：和一个中国女人，这女人因为一夜情而付出惨重代价；和一个南斯拉夫女人，这女人差点被剃光头，因为在那个年代，所有和外国人通奸的南斯拉夫女人都会遭受这种惩罚。今天我读着这几篇小说，突然觉得，我们这个世纪似乎不太像真的，它仿佛只是一个黑色诗人的黑色狂想曲。

夜间世界

“加勒比海地区的农场奴隶都认识两个不同的世界。一个是白天的世界，那是白人的世界。一个是黑夜的世界，那是非洲人的世界，有非洲的魔法、精灵，还有真正的神祇。在非洲人的世界里，有些衣衫褴褛、白天受欺压的男人变身为国王、巫师、医治师，在他们和同伴们的眼里，他们是可以和这片土地真正的力量沟通的生命，他们拥有绝对的权力。[……]对外界的人，对奴隶主来说，黑夜的非洲世界可能就像一个充满伪装的世界，一个幼稚的世界，一场嘉年华会。可是对非洲人来说[……]唯一的真实世界就在这里；这个世界把白人变成鬼魂，把农场的生活变成单纯的颠倒梦想。”

读完奈保尔的这几行文字（他也是出生于安的列斯群岛的作家），我这才明白，埃内斯特·布贺勒[①]的画都是黑夜的画。夜是这些画唯一的背景，只有它能让人看见“真的世界”伫立在骗人的白昼的另一边。我也明白，这些画只能诞生于此地，诞生于安的列斯，在这里，奴隶制度的过去始终痛苦地嵌刻在过去人们所说的集体无意识里。

虽然他画作的第一个时期刻意扎根于非洲文化，虽然我在其中可以认出一些取自非洲民间艺术的图案，可是他后来的几个时期却越来越有个人风格，不受任何既成纲领的约束。而悖谬之处就在这里，正是在这幅个人风格强烈无比的画作中，明显清晰地呈现出一个马提尼克人的黑人认同。这幅画，首先，是夜间王国的世界；其次，在这个世界里，一切都转变为神话（一切，每个熟悉的微小事物，包括我们在许多画作中都看到的这只埃内斯特的小狗，也变成了神话动物）；第三，这是残酷的世界，仿佛奴隶制度无法抹灭的过去又回来了，化作对于身体的迷恋——痛苦的身体、被折磨和可以折磨的身体、可以伤害和受伤害的身体。

---

① Ernest Breleur（1945— ），法国海外省马提尼克岛画家。

残酷与美

我们谈的是残酷，我听到布贺勒以冷静的声音说："无论如何，在绘画里，最重要的还是美。"依我的理解，这句话的意思是，艺术应该永远避免引发美感之外的情绪：兴奋、恐怖、恶心、冲击。一个撒尿的裸女照片或许会让人勃起，可是我不认为有人看毕加索《撒尿的女人》的时候会有这样的反应，尽管这是一幅超级色情的画。看到大屠杀的电影，我们会不忍直视，然而面对毕加索的《格尔尼卡》，这幅述说相同的恐怖的画，目光却得到娱乐。

无头的身体，悬在空中，这是布贺勒最新的几幅画；后来我看了这些画的日期，随着这个时期的创作继续推进，身体被遗弃在空无之中的主题也渐渐淡去了原初的心理创伤，残缺不全的身体被抛在空无之中，受苦的程度越来越轻，一幅幅看下去，这身体看似迷失在群星之间的天使，也像是远方捎来魔法般的邀请，像肉体的诱惑，像充满玩兴的特技。原初的主题经历了数不清的变体，从残酷的领域过渡到神奇事物（容我再次使用这个通关密语）的领域。

和我们一起在画室里的，还有我的妻子薇拉和马提尼克哲学家亚历山大·阿拉里克。饭前，我们依例喝了潘趣酒。然后，埃内斯特准备了午餐。桌上摆了六套餐具。为什么是六套？最后一分钟，委内瑞拉画家伊斯梅尔·孟达瑞来了，我们开始用餐。奇怪的是，第六套餐具直到午餐结束都没有动过。过了很久，埃内斯特的妻子下班回来了，她很美丽，而且一看就知道，她是被爱的。我们搭亚历山大的车离开，埃内斯特和他的妻子站在屋前目送我们离去，我感觉到的是一对惶惶不安却紧密相连的伴侣，身边围绕着一种无可言喻的孤寂。“您明白第六套餐具的奥秘了吧，”当我们消失在他们的视界之外，亚历山大说，“这套餐具给了埃内斯特一个假象，仿佛他的妻子和我们在一起。”

自己的家与世界

“我说，我们窒闷难耐。健全的安的列斯政治原则：打开所有的窗。给我们一些空气。一些空气。”一九四四年，塞泽尔写在《热带》上的话。

往哪个方向开窗？

首先朝向法国，塞泽尔说。因为法国是大革命，是终结奴隶制度的舍尔歇，也是兰波、洛特雷阿蒙、布勒东，是配得上最伟大的爱的一种文学、一种文化。然后，朝向非洲，朝向被截肢、被没收的过去，这些过去埋藏着马提尼克人隐匿在深处的人格本质。

后来的世代对这种塞泽尔式的法兰西 — 非洲导向经常有异议，他们坚持马提尼克的美洲性，坚持“克里奥尔性”（包括所有肤色的总和以及一种特别的语言），坚持马提尼克和安的列斯群岛以及整个拉丁美洲的关系。

因为每个追寻自我的民族都会自问，他自己的家该跨上哪一道阶梯走向世界？在国家背景与世界背景之间，我称之为中间背景的地方在哪里？对智利人来说，是拉丁美洲，对瑞典人来说，是斯堪的纳维亚半岛。这都是显而易见的事。可是对奥地利来说呢？这道阶梯在哪里？在日耳曼世界？还是在众国林立的中欧世界？它的一切存在意义都要依此问题的答案而定。一九一八年之后，接着更彻底的，是在一九四五年之后，奥地利脱离了中欧的背景，退而自守，或退入自身的日耳曼性之中，不再是弗洛伊德或马勒的这个光辉耀眼的奥地利，而是另一个奥地利，只有相当有限的文化影响力。希腊也面临相同的窘境，这个国家同时处于欧洲—东方的世界（拜占庭传统、东正教教会、对俄罗斯的偏爱）和欧洲—西方的世界（希腊—拉丁传统，与文艺复兴、现代性紧密相连）。在某些激情的论战里，奥地利人或希腊人或许会为了某种文化而否认另一种文化，然而只要退一步，他们会说：有些国家的认同由于中间背景的复杂性，因而具有双重性的特质，而它们的特殊性就在这里。

关于马提尼克，我也会说同样的话：正因为不同的中间背景的并存，才创造了这个文化的特殊性。马提尼克：多重的交会；数个大陆的会合点；法国、非洲、美洲相遇的弹丸之地。

是的，很美。非常美，只是法国、非洲、美洲才不在乎这个。在今日的世界，人们几乎听不到小地方的声音。

马提尼克：巨大的文化复杂性与巨大的孤寂的相遇。

语 言

马提尼克是双语的。有克里奥尔语（诞生于奴隶时代的日常语言），有学校教的法语（和瓜德罗普、圭亚那、海地一样），知识分子们以近乎报复的方式将法语掌握得纯熟无比。（塞泽尔"使用法语的方式，缘自他今日并非白人却要使用法语"，布勒东如是说。）

有人在一九七八年问塞泽尔，为什么《热带》不是用克里奥尔语写的，他答道：“这是一个没有意义的问题，因为这样的一本期刊并不是以克里奥尔语构思的。[……]我们要说的事，甚至不知道能不能用克里奥尔语说出来。[……]克里奥尔语无法表达抽象的想法，[……]它完全是一种口语。”

尽管如此，要用一个无法全面涵盖日常生活现实的语言写一部马提尼克的小说，还是不容易的工作。于是作者必须选择解决的办法：克里奥尔语小说；法语小说；法语小说，加上克里奥尔语，在页尾附上解释；还有，就是夏姆瓦佐的解决方式。

他使用法语的自由，在法国没有任何作家胆敢尝试，甚至无法想象。这是一个巴西作家使用葡萄牙语的自由，是一个西班牙裔美洲作家使用西班牙语的自由。是的，也可以说是一个双语人拒绝接受任一语言的绝对权威，而且还找到违逆的勇气。夏姆瓦佐并未混合法语和克里奥尔语，作为妥协之道。他的语言，是法语，是改造之后的法语，不是克里奥尔化的法语（没有任何马提尼克人是这么说话的），而是夏姆瓦佐化的法语——他赋予法语口语充满魅力的无忧无虑、口语的节拍、口语的旋律；他给法语带来许多克里奥尔的惯用语，不是基于“自然主义”的理由（为了引入“地方性的色彩”），而是为了美学的理由（因为这些惯用语的诙谐、魅力，或者它们无可替代的语义）；特别是他赋予他的法语非习用、无拘束、“不可能”的表达自由，造新字的自由（在法语这种非常具有规范性的语言里，这种自由所扮演的角色比起其他语言少得多）：他优游自在地把形容词转变为名词，把动词转变为形容词，把形容词转变为副词，把动词转变为名词，把名词转变为动词，诸如此类。而这些违反惯例的做法并不会简化法语丰富的词汇或语法（法语多的是书本上的字句或古词，也还有虚拟式未完成时态）。

跨越数世纪的相遇

乍看之下，《了不起的索利玻》可能像是一部充满地方色彩的异国情调小说，以一个别处无法想象的民间说书人的角色为中心。错了，夏姆瓦佐的这部小说处理的是文化史最重大的事件之一：走向终结的口述文学与初生乍现的书写文学的相遇。在欧洲，这样的相遇发生在薄伽丘的《十日谈》。如果没有说书人在聚会中娱乐众人（在当时，这依然是流行的做法），欧洲散文的第一部伟大作品就不可能存在。后来，直到十八世纪末，从拉伯雷到劳伦斯·斯特恩，说书人的声音在小说中不断回荡。小说家一边写，一边对读者说话，对象是他，辱骂他，讨好他；换读者上场的时候，他一边读，一边聆听小说的作者。一切都在十九世纪初发生了变化，我称之为小说历史的“下半时”[①]开始了：作者的话语消失在书写的后头。

“埃克托尔·比安乔蒂[②]，这话语是献给您的”，《了不起的

① 我在《被背叛的遗嘱》第三部分《纪念斯特拉文斯基即席之作》谈到这个小说（和音乐）历史的分期（纯属个人的看法）。很简单地说：在我看来，小说历史上半时的结束和十八世纪的结束是不可分的。十九世纪开展了另一种小说美学，非常遵从仿真的法则。如果大家可以接受这种历史分期（纯粹是我的分期），那么，摆脱了“下半时”教条的小说现代主义，或可称为“第三时”。—— 原注

② Hector Bianciotti（1930—2012），法国作家，一九九六年当选为法兰西学院院士。

索利玻》扉页上的题献这么写着。夏姆瓦佐坚持：话语，而非书写。他自认是说书人的直接传承者，他自称是“话语的记录者”而非作家。在跨越国家的文化历史地图上，他意欲伫立之处，是高声的话语越过驿站，转入书写文学之处。在他的小说里，“索利玻”这位想象出来的说书人对他说了这段话：“我说话，可是你呢，你以写作宣告你来自话语。”夏姆瓦佐是来自话语的作家。

然而，就如同塞泽尔并非密茨凯维奇，夏姆瓦佐也不是薄伽丘。他是个讲究一切细致之处的现代小说作家，他也是以这样的作家身份（作为乔伊斯或布洛赫的孙辈）把手伸向索利玻，伸向文学的口述史前史。所以，《了不起的索利玻》是一次跨越数世纪的相遇。“你越过遥远的距离把手递给我，”索利玻对夏姆瓦佐这么说。

《了不起的索利玻》的故事是，在法兰西堡的一个名为“萨瓦内”的广场上，索利玻对着偶然凑在一起的一小群人说话（夏姆瓦佐也在人群当中）。话说到一半，他死了。老黑人刚果知道，他被话语“斩”了。这种解释实在很难让警方信服，他们立刻掌握这个意外事件，全力查访凶手。一些如噩梦般残酷的审问随之展开，在审问期间，死去的说书人这个角色呈现在我们眼前，在严刑拷打之下，其中两个嫌疑犯死了。最后，尸体解剖排除了一切他杀的可能性，索利玻的死因不明；或许，真的，他是被话语“斩”了。

在这本书的最后几页，作者公开了索利玻说的话，就是他说到一半就突然死去的那段话。这段想象的话，是真正的诗歌，是进入口述性美学的开端：索利玻说的并不是一则故事，他说的是一些话语、一些奇想、一些谐音的文字游戏、一些笑话，都是随兴所至的东西，都是*自动话语*（就像也有“自动书写”一样）。而既然和话语有关，当然也就和“先于书写的语言”有关，书写的规则无法在此施展它的权力，所以，没有标点，索利玻的话就像没有句点、没有逗号、没有段落的一条河，宛如《尤利西斯》的最后一章，摩莉的长篇独白。（这又是一个可以证明民间艺术与现代艺术在历史的某个时刻有可能把手递给对方的例子。）

拉伯雷、卡夫卡、夏姆瓦佐作品的反仿真

夏姆瓦佐作品里我最喜欢的部分，就是他摆荡在仿真与反仿真之间的想象，我自问，这种想象来自何处？它的源头在哪里？

是超现实主义吗？超现实主义的想象都在诗和绘画里。可是夏姆瓦佐是小说家，他什么也不是，就是个小说家。

是卡夫卡吗？是的，他为小说的艺术取得反仿真的合法性。可是夏姆瓦佐作品里的想象特质实在很不像卡夫卡。

“各位先生，各位女士……”夏姆瓦佐如此展开他的第一部小说《七则悲惨纪事》。“噢，朋友们，”他在《了不起的索利玻》里对读者们重复了好几次。这让人想起拉伯雷以顿呼作为《巨人传》的开场：“各位大名鼎鼎的酒友，还有你们，各位尊贵的麻子脸……”像这样在每个句子里注入他的机智、幽默、卖弄，并且高声对读者说话的作者，可以轻易地夸大、蒙骗，从真的事情过渡到不可能的事，因为这就是小说家和读者之间的契约，订立于

小说历史的“上半时”，那时说书人的声音还没完全消失在印刷文字之后。

至于卡夫卡，则是在小说历史的另一个时代。反仿真在他的作品里是由描述撑起来的，描述是完全无人称的，而且极其引人入胜，读者不由得被引入一个想象的世界，宛如一场电影——尽管没有任何东西和我们的经验相似，描述的力量却让一切变得可信。在这样的美学里，说故事的人说话、说笑、评论、卖弄的声音会打破幻象，会毁灭魔法。我们无法想象卡夫卡在《城堡》的开头兴高采烈地对读者们说:“各位先生，各位女士……”

相反地，在拉伯雷的作品里，反仿真只是源自说书人的无拘无束。巴奴日勾引一位女士，可是被她拒绝。为了报复，他把一只发情母狗的生殖器碎片撒在她的衣服上。城里所有的狗都奔向她，追着她跑，在她的裙子上、腿上、背上撒尿，后来，回到家，这些狗在她家门口又撒了一大堆尿，街上的尿汇成一条小溪，上头还有鸭子在游泳。

索利玻的尸体躺在地上，警察想把他移到停尸间，可是没有人抬得起来。“索利玻把自己变成了一吨重，有些对生命仍有眷恋的黑人尸体就是这样。”有人去叫了更多人来，索利玻变成两吨重、五吨重。有人弄来一辆吊车，吊车一到，索利玻就失去了重量。下士班长把尸体举起来了，用的是“小指头。最后，他开始慢慢把玩这具尸体，演出一场让所有人目眩神迷的死神之舞。他轻松地扭动手腕，把尸体从小指传到拇指，再从拇指传到食指，从食指到中指……”

噢，各位先生，各位女士，噢，各位大名鼎鼎的酒友，噢，各位尊贵的麻子脸，读夏姆瓦佐的时候，你们和拉伯雷的距离近过卡夫卡。

孤独宛如月亮

在布贺勒的所有画作上，新月挂在地平线上，尖尖的两头向上，宛如一艘漂浮在夜浪上的轻舟。这并非画家的幻想，月亮在马提尼克确实如此。在欧洲，新月是站着的，是好战的，像一只凶猛的小动物坐在那里，准备扑上来，或者您喜欢的话，也可以像是一把锋利无比的镰刀。月亮在欧洲，是战争的月亮。在马提尼克，月亮是和平的。或许，这就是为什么埃内斯特会赋予月亮一种热性的金黄色，在他神话般的画作里，月亮代表一种无法企及的幸福。

奇怪的是，我和几个马提尼克人聊过这件事，我发现这些人都不知道月亮在天空中的具体样貌。我问了欧洲人，你们记不记得欧洲的月亮？它来的时候是什么形状？离开的时候又是什么样子？他们不知道。人已经不看天空了。

被人抛弃之后，月亮沉入布贺勒的画作上。可是，在天空中不再看见月亮的那些人，在画作上也看不见月亮。你是孤独的，埃内斯特。孤独宛如汪洋中的马提尼克。孤独宛如德佩斯特的淫欲在修道院里。孤独宛如凡·高的画作在观光客低能的目光中。孤独宛如月亮，无人望见。

一九九一年

六

他方

解放的流亡，薇拉·林哈托瓦[*]的说法

薇拉·林哈托瓦是一九六〇年代捷克斯洛伐克最受尊崇的作家之一，这位女诗人写着玄思冥想无法归类的散文，她于一九六八年离开故乡，前往巴黎，后来她开始以法文写作并且出版这些作品。这位以生性孤傲著称的作家，于一九九〇年代初期做出了一个令所有朋友惊讶的决定，她接受了布拉格法国协会的邀请，在一场以流亡为主题的研讨会上宣读了一篇报告。关于这个主题，这是我读过的最不流俗、最清明的文章。

二十世纪下半叶的历史让世人对于被祖国放逐的流亡者的命运极其敏感。如此充满同情的敏感给流亡的问题罩上了催人热泪的道学浓雾，也遮蔽了流亡生活的具体特质，而依照薇拉·林哈

* Vera Linhartova（1938— ），捷克作家，一九六八年移居法国。

托瓦的说法，流亡生活经常可以将放逐变成一次解放的开始，“走向他方，走向就定义而言陌生的他方，走向对一切可能性开放的他方”。确实如此，她说得非常有道理！若非如此，我们如何理解如此令人不快的事实——共产主义政权之后，几乎没有任何一位移居国外的伟大艺术家迫不及待地返国？共产主义的终结竟然没有激励他们返乡庆祝伟大的回归？而且，在公众的失望之下，就算回归并非他们所欲，难道这不该是他们的道德义务吗？薇拉·林哈托瓦说：“作家首先是一个自由人，他有义务不让任何限制破坏自身的独立，这样的义务高过其他任何考量。我此刻说的不是一个滥权的政府试图强加在人们身上的那些荒谬限制，而是以人们对于国家的责任感为后盾的一些约束——正因为这些约束是出自善意的，我们反而更难将之击退。”事实上，人们反复将人权挂在嘴边，同时也持续地将个人视为国家的财产。

她的反省更深远：“所以我选择了我想要生活的地方，我也选择了我想要说话的语言。”有人会反驳她：作家，尽管是自由人，难道他不是他的语言的捍卫者？难道作家的使命不正是如此？薇拉·林哈托瓦说:“经常有人声称(尽管不是每个人都这么说),作家的行动并不自由,因为他和他的语言之间还是有牢不可破的紧密关系。我想,这只是给一些过度谨慎的人作为借口的神话之一……”因为:“作家并非单一语言的囚徒。”多么解放的名言。只是生命的短暂,使得作家无法从这自由的邀约得出一切结论。

薇拉·林哈托瓦说:“我认同的对象是游牧民族,我感觉不到灵魂可以定居于一地。所以我也有权利说,我自己的流亡是要满足我长久以来最珍贵的愿望:在他方生活。”薇拉·林哈托瓦以法文写作的时候,她还是捷克作家吗?不是。她成了法国作家吗?也不是。她在他方。他方,一如从前的肖邦,他方,一如后来,每个人都有自己的方式,纳博科夫、贝克特、斯特拉文斯基、贡布罗维奇。当然,每个人经历流亡的方式都是无法模仿的,而薇拉·林哈托瓦的经验也是一个个例。尽管如此,在她这篇通透清明的文字之后,人们再也不能像从前那样谈论流亡了。

异乡人不容侵犯的孤独

（奥斯卡·米沃什*）

一

第一次看到奥斯卡·米沃什的名字，是在他的《十一月交响曲》的标题上方，这首诗翻译成捷克文，于战后几个月刊登在一本前卫期刊上，当时我十七岁，是这本期刊的长期读者。直到约莫三十年后，在法国第一次打开米沃什的法文原文诗集时，我才发现，当初这首诗有多么令我着迷。我很快就翻到了《十一月交响曲》，读着的时候，我在记忆里听见这整首诗的捷克文翻译（很棒的翻译），我只字未忘。在这个捷克文的版本里，米沃什的诗比起当时我囫囵吞咽的其他诗作（像是阿波利奈尔或是兰波或是奈兹瓦尔或是德斯诺斯），在我心里留下更深刻的痕迹。毫无疑问，这些诗人之所以令我赞叹，不只是因为他们诗句的美丽，也因为围绕着他们神圣名字的神话，这些神圣的名字是我的通关密语，让我可以在朋辈之间、在新派的人中间、在小圈子里得到认可。但是米沃什没有任何神话围绕，他全然陌生的名字对我来说没有任何意义，对我周围的每一个人也没有任何意义。就他而言，魅惑我的并非一则神话，而是一种从美的本身独自散发的美，赤裸裸的，没有任何来自外部的支持。容我说句实在话：这种事很少发生。

二

可为什么就是这首诗？我想，最重要的原因，是我发现了从未在其他地方遇到的某种东西，我发现了某种乡愁形式的原型，它的表现方式，并非语法上的过去式，而是未来式。语法未来式的乡愁。文法的形式将哀怨流泪的过去投射在遥远的未来之中，将已经

---

* Oscar Milosz（1877—1939），立陶宛裔法国作家。

不在的忧伤回忆转化成一个无法实现的承诺所带来的令人心碎的悲伤。

你将穿上淡紫的衣裳，美丽的哀愁！

你的帽子将插上悲伤的小花

三

我还记得在法兰西喜剧院演出的拉辛的一出戏。为了让台词自然，演员们读出台词的时候，仿佛剧本是以散文写的；他们有系统地删去每个诗句最后的停顿；观众不可能辨认出十二音节诗的节奏，也听不到诗句的韵。或许他们认为，这样的演出符合现代诗的精神——早已放弃格律与诗韵的现代诗。可是自由诗的初衷并不是将诗歌散文化！自由诗想让诗歌摆脱格律的胄甲，创造出另一种更自然、更丰富的音乐性。我的耳朵里，永远保存着伟大的超现实主义诗人们（捷克的和法国的）朗诵诗句如歌如乐的声音！自由诗和十二音节诗一样，也是一个音乐整体，要由停顿来中断、终止。这停顿，一定要让人听见，在十二音节诗或自由诗里都一样，就算它有可能违逆整个句子的语法逻辑，还是得表现出来。正是在这破坏句法的停顿之中，蕴含着诗句跨行时的细致旋律（撩拨出某种旋律）。米沃什的几首《交响曲》都立足于跨行诗句的连接。跨行诗句在米沃什的诗作里，就是一个惊讶的短暂静默，出现在下一行开头的字词之前：

而幽暗的小径将在那里，潮湿
因为瀑布的回音。而我将对你诉说
水上的城邦和巴哈拉赫的拉比[①]
和佛罗伦萨之夜。还有……

---

① *Der Rabbi von Bacharch*，德国浪漫派诗人海涅的作品。

四

一九四九年，纪德帮伽里玛出版社编了一套法兰西诗选。他在序言里写道："X指责我没有收录任何米沃什的作品。…… 是我忘了吗？不是。是因为我没有找到任何在我看来特别值得一提的东西。我再重复一遍：我的选择完全与历史性无关，只有诗的质地可以影响我的决定。"纪德的傲慢之中有一点见地：米沃什和这本诗选完全无关，他的诗不是法国的，他保留自身所有的波兰—立陶宛的根基，逃亡到法文里，宛如躲入僻静的修道院里。就让我们把纪德的拒绝当成某种高贵的作法，为的是保护一个异乡人不容侵犯的孤寂；一个永远的异乡人。

敌意和友谊

一九七〇年代初，苏联占领时期，我和妻子都被逐出工作岗位，身体状况都不好。有一天，我们俩去了布拉格郊区的一家医院看一位名医，他是所有反对派的好朋友，一位犹太老哲人，大家都叫他斯玛赫尔老师。我们在那儿遇到了E，他是记者，他也是不管做什么都被人赶出来，身体状况不佳。我们四个人在那儿聊了很久，沉浸在相互同情的快乐气氛里。

回去的时候，E开车载我们，他谈起博胡米尔·赫拉巴尔，他是捷克当时最伟大的在世作家；他的幻想无远弗届，他醉心于平民百姓的生活经验（他的小说里头满是最平凡无奇的人），大家都读他的作品，都很喜欢他（整个捷克电影的年轻世代都奉他如主保圣人）。他的非政治化是非常深刻的。然而，在一个“凡事皆政治”的体制下，他的非政治化并非天真无知。他的非政治化嘲笑意识形态横行的世界。正因如此，有很长的时间，他受到相对的冷落（对于所有官方推动的事务来说，他完全派不上用场），但也因为同样的非政治化（他也从未投入任何反对政府的活动），在苏联占领期间，没有人找他麻烦，所以他可以或多或少出版几本书。

E愤怒地咒骂他：他怎么可以在他的同行被禁止发表作品的时候，还让别人出版他的书？他怎么可以用这种方式替政府背书？连一句抗议的话都不说？他的所作所为令人厌恶，赫拉巴尔是个通敌分子。

我也以同样的愤怒响应：赫拉巴尔作品的精神、幽默、想象，都和统治者的心态背道而驰（他们想把我们窒死在精神病人的束缚衣里），说他通敌，这是多么荒谬的事？读得到赫拉巴尔的世界和听不到他的声音的世界，是截然不同的。只要有一本赫拉巴尔的书，对于人们，对于人们的精神自由，它的效用大过我们抗议的行动和声明！车子里的讨论很快就变成了充满恨意的争吵。

许久之后想起这件事，这恨意让我惊讶（那真的是恨，而且完全是互相的恨），我心想：我们在医生那儿的投缘是一时的，缘自特殊的历史情境将我们都变成被迫害者。相反地，我们的分歧是根本的，是独立于情境之外的，这种分歧存在于两种人之间——认为政治斗争高于具体生命、艺术、思想的人和认为政治的意义在于为具体生命、艺术、思想服务的人。这两种态度或许都合情合理，但是谁也没办法跟对方和解。

一九六八年秋天，我到巴黎待了两个星期，于是我有机会和阿拉贡在他位于瓦雷纳街的公寓长聊了两三回。不对，我其实没跟他说什么，我都在听他说。由于我从来不写日记，记忆因而是模糊的，他说的话，我只记得两个经常出现的主题——他经常对我提起安德烈·布勒东晚年和他越来越亲近；他也和我谈起小说的艺术。在他为《玩笑》所写的序言里（在我们相遇的一个月前写的），他也为小说的重要性做了一番颂赞："小说是人不可或缺的东西，就像面包。"在我数度造访他的时候，他鼓励我永远捍卫"这门艺术"（这门被"贬低"的艺术，他在序言里是这么写的，我后来也在《小说的艺术》里的一个章节，把这个说法用在标题上）。

我们的相遇给我留下的印象是，他和超现实主义者决裂的最深层理由并非政治（他对共产党的顺从），而是美学（他对小说，对这门被超现实主义者“贬低”的艺术的忠诚），我似乎也瞥见他生命的双重悲剧：他对小说艺术的热情（小说或许才是他才华的主要领土）和他对布勒东的友谊（现在，我明白了，在清算的年代，最痛苦的伤口是绝交的伤口，而且，没有比为了政治而牺牲友谊更愚蠢的事了。我很自豪从未做过这种事。我欣赏密特朗维系老友情谊的忠诚。他晚年为了这份忠诚遭受如此激烈的攻击。这份忠诚正是密特朗的高贵之处）。

约莫在我和阿拉贡相遇的七年之后，我认识了艾梅·塞泽尔。我在二次大战结束时就读到了他的诗句，那是捷克文的翻译，刊登在一本前卫期刊上（我读到米沃什的同一本期刊）。我们见面的地方在巴黎，在画家林飞龙[①]的画室。年轻、迷人、活力旺盛的艾梅·塞泽尔拿出一堆问题向我猛攻，劈头第一个问题就是：“昆德拉，您认识奈兹瓦尔吗？”“当然认识。可是，您怎么会……认识他？”不，他不认识奈兹瓦尔，可是安德烈·布勒东经常提起他。在我既有的印象里，布勒东以强硬著称，他只有可能谈到奈兹瓦尔的坏处（他在几年前和捷克的超现实主义团体决裂，因为他宁愿顺从党意——差不多跟阿拉贡一样）。然而，塞泽尔却再次告诉我，一九四〇年布勒东旅居马提尼克期间，对他谈起奈兹瓦尔的语气里满怀着爱。此事令我感动。因为奈兹瓦尔也一样，我记得很清楚，他谈起布勒东的时候也是满怀着爱。

有一种人际关系，捷克文称之为“soudruzstvi”（soudruh：同志），意思就是“同志情谊”，也就是让共同进行政治斗争的人们得以彼此联结的好感。当他们为某一件事共同献身的精神消失之后，彼此有好感的理由也就消失了。可是友谊如果从属于某种高于友谊的利益，这种友谊根本与友谊无关。

在我们的时代，人们学会让友谊屈从于所谓的信念，甚至因为道德上的正确性而感到自豪。事实上，必须非常成熟才能理解，我们所捍卫的主张只是我们比较喜欢的假设，它必然是不完美的，

① Wifredo Lam（1920—1982），有中国血统的古巴超现实主义画家。

多半是过渡性的，只有非常狭隘的人才会把它当成某种确信之事或真理。对某个朋友的忠诚和对某种信念的幼稚忠诚相反，前者是一种美德，或许是唯一的、最后的美德。

我看着法国诗人勒内·夏尔走在德国哲学家海德格尔旁边的照片。一个是以参加对抗德国占领的抵抗运动受到赞扬，另一个则是因为曾在生命的某个时刻对初生的纳粹主义表示认同而受到诋毁。照片拍摄的日期是在战后。我们看到的是他们的背影，他们头上都戴着帽子，一个高，一个矮，走在大自然里。我非常喜欢这张照片。

忠于拉伯雷以及“在梦里翻找”的超现实主义者

我翻着达尼洛·基什的书，那是他的反思文字结集的一本旧书，我感觉自己仿佛置身巴黎铁塔旁的特罗卡德洛一带的小酒馆，坐在他对面，而他扯着粗粝的大嗓门对我说话，像在骂我。在他同代的大作家当中，一九八〇年代住在巴黎的，不论是法国人或外国人，他是最不容易看见的。“时事”这位女神没有任何理由把光投射在他身上。“我不是异议分子。”他写道。他甚至没有移居国外。他自由往来贝尔格莱德和巴黎两地。他只是一个“杂种作家，来自中欧被吞没的世界”。这个世界虽被吞没，但是达尼洛在世的时候（他死于一九八九年），这个世界是欧洲悲剧的凝聚之地。南斯拉夫：对抗纳粹的长期血腥（并且凯旋）的战争；大屠杀的对象，特别是中欧的犹太人（他的父亲也在其中）；共产革命，紧接着是与斯大林和斯大林主义的悲剧性决裂（这决裂也是凯旋的）。生命被这出历史悲剧如此刻画，他却从来不曾为了政治而牺牲他的小说。正因如此，他才能捕捉到最令人悲痛的东西：自诞生之际即被遗忘的命运，喑哑无声的悲剧。他赞同奥威尔的想法，可是他如何能喜欢《一九八四》？这个拿刀猛劈极权主义的作家在这部小说里，将人的生命化约至单一的政治维度。为了对抗这种存在的扁平化，他求助于拉伯雷的诙谐风趣，他求助于"在梦里、在无意识里翻找"的超现实主义者。我翻着他的旧作，听见他扯着粗粝的大嗓门说："很不幸，维庸所开启的这个法国文学的大调已经消失了。"他明白之后，对于拉伯雷更加忠诚，对于"在梦里翻找"的超现实主义者也更加忠诚，他也更忠诚于南斯拉夫——它蒙着眼睛已然向前走去，一样走向消失之途。

关于两个“春天”以及什克沃雷茨基夫妇*

一

一九六八年九月，带着苏联入侵捷克斯洛伐克的悲剧造成的创伤，我在巴黎待了几天，约瑟夫和兹德娜（什克沃雷茨基夫妇）也在那里。有个年轻人的样子我还记得，他咄咄逼人地对我们说：“你们到底要什么，你们这些捷克人？你们已经厌倦社会主义了吗？”

那几天，我们和一帮法国朋友聊了很久，他们在两个“春天”的运动（巴黎的和捷克的）当中看到一些类似的事件，闪耀着相同

* Josef Skvorecky（1924—2012），Zdena Salivarova（1933— ），什克沃雷茨基夫妇一九六八年起定居加拿大，出版捷克斯洛伐克境内被查禁的文学作品。一九九〇年，捷克总统哈维尔授予他们捷克最高荣誉“白狮勋章”。

的反叛精神。这话听起来舒服得多，不过其中依然有误解：

一九六八年巴黎的“五月风暴”是一场意想不到的爆发。“布拉格之春”则源自一九四八年以后斯大林恐怖统治初期的冲击，是一个长期进程的完成。

巴黎的“五月风暴”最初由年轻人发起，带着革命抒情性的印记。“布拉格之春”则是受到成人的后革命怀疑主义的启发。

巴黎的“五月风暴”是对于人们认为无聊、官样、僵化的欧洲文化的一次玩笑式的抗议。“布拉格之春”是对于同一文化的激情颂赞，因为它长久以来都受到意识形态愚蠢的窒息，“布拉格之春”捍卫基督宗教，也捍卫不信教的自由，当然，也捍卫现代艺术（我说的可是现代，不是后现代）。

巴黎的“五月风暴”高举国际主义。“布拉格之春”想把原创与独立自主还给一个小国。

因为一个“神奇的偶然”，这两个“春天”，异步地，各自从不同的历史时期走来，在同一年的“解剖台”上相遇。

二

“布拉格之春”这条路的开端，在我的记忆中留下的标记，是什克沃雷茨基的第一部小说《懦夫们》画下的，这部小说发表于一九五六年，受到官方仇恨的大型焰火的欢迎。这部小说代表一个伟大的文学起点，故事说的是一个伟大的历史起点：一九四五年五月的某个星期，在这个星期里，在被德国占领了六年之后，捷克斯洛伐克共和国重获新生。然而如此的仇恨所为何来？这部小说那么咄咄逼人地反共吗？完全不是。什克沃雷茨基在书里说的是一个二十岁男人的故事，他疯狂地爱上了爵士乐（跟什克沃雷茨基一样），几天以来的骚动让他昏了头，一场战争结束，德国军队跪地求饶，捷克反抗军笨手笨脚地忙着搞清楚谁是自己人，俄国人来了。没有任何反共的东西，而是一种深刻的非政治态度；自由，轻浮；无礼的非意识形态。

而且，幽默无所不在，不合时宜的幽默。这让我想到，世界上每个地方的人都会因为不同理由而笑。谁能质疑布莱希特的幽默感？可是他改编的《好兵帅克历险记》的剧场演出，证明他从未丝毫理解过哈谢克的喜剧性。什克沃雷茨基的幽默（就像哈谢克或赫拉巴尔的幽默），是远离权力、不觊觎权力的人的幽默，这些人把历史当成一个瞎眼老巫婆，历史的道德审判让他们发笑。我认为这是有意义的，因为正是在这种不正经、反道学、反意识形态的精神里，在六〇年代的拂晓之际，展开了捷克文化伟大的十年（而且，也是我们可以称之为伟大的最后十年）。

三

啊，我心爱的六〇年代。当年我很喜欢犬儒地说：理想的政治体制就是一个解体中的独裁政权，压迫的机器的运作方式出了越来越多的问题，可是这机器始终在那儿，刺激着批判和嘲讽的精神。一九六七年夏天，作家联盟大鸣大放的大会惹火了政府高层，他们认为作家们的放肆无礼已经太过头了，于是决定采取强硬的政治作法。然而批判精神甚至已经感染了党的中央委员会，一九六八年一月，中央委员会选出一个名不见经传的家伙亚历山大·杜布切克担任第一书记。“布拉格之春”开始了，开开心心地，这个国家拒绝了苏联强加的生活方式，边界开放了，所有的社会组织（工会、联盟、协会）——原本是为了将党的意志传达给人民——都变成独立的，而且变成一个意想不到的民主政治的意想不到的工具。一个体系诞生了（没有任何事前的计划，几乎是偶然的），这确实是前所未有的。百分之百国有化的经济，集体农场掌握的农业，没有人太有钱，没有人太穷，学校和医药都是免费的，还有，秘密警察的权力终结了，政治迫害终结了，书写的自由不再遭受查禁的破坏，因此，文学、艺术、思想、期刊百花齐放。我不知道这个体系的未来远景是什么；在当时的地缘政治处境里，肯定是什么也没有；但是在另一种地缘政治处境里呢？谁能知道……总之，在这个体系存在的这一瞬间，这一瞬间曾经美好无比。

在《波希米亚的奇迹》（一九七〇年写成）中，什克沃雷茨基说的是一九四八年和一九六八年之间的整个时代的故事。令人惊讶的是，他不只将他的怀疑目光放在当权者干的蠢事上，也放在“布拉格之春”舞台上的抗议者身上，放在他们虚荣的手势上。因此，在捷克斯洛伐克，在苏联入侵的灾难之后，这本书不仅如同什克沃雷茨基的所有著作一样遭到查禁，它在遭受道德主义病毒感染的反对阵营里也不受欢迎，他们无法忍受这种目光不合时宜的自由，他们无法忍受这种嘲讽不合时宜的自由。

四

一九六八年九月在巴黎，我跟什克沃雷茨基夫妇和一些法国朋友谈到两个“春天”的时候，我们并非没有忧虑。我想到我回布拉格的艰辛，他们想着他们移居多伦多的艰辛。约瑟夫对美国文学及爵士乐的热情让这样的选择变得容易。(仿佛，从少年时期开始，每个人就把可能的流亡之地带在身上。我是法国，他们是北美……)可是，尽管什克沃雷茨基夫妇这么具有四海一家的精神，他们还是很爱国。啊，我知道，在今天这种欧洲一体化主导的时代，我们不该说“爱国”，而是应该（语带轻蔑地）说“民族主义”。不过，请原谅我，在这灰暗凶险的年代，我们如何能不爱国？什克沃雷茨基夫妇在多伦多住的是一幢小房子，他们保留一个房间，在里头编辑捷克作家被祖国查禁的作品。当时，没有什么比这更重要的事了。捷克民族的诞生（它诞生了好几次）靠的不是在军事上的征服，它靠的一向是它的文学。而我说的文学，也不是作为政治武器的文学。我说的是作为文学的文学。而且，没有任何政治组织资助什克沃雷茨基夫妇，他们作为出版人，只能靠自己的力量和自己的牺牲。我永远不会忘记。我住在巴黎，我的故乡之心，对我来说，在多伦多。苏联的占领告终后，不再有理由在外国编辑捷克的书。从此，兹德娜和约瑟夫偶尔造访布拉格，但还是回到他们的祖国生活。回到他们古老流亡地的祖国。

在下面你将闻到玫瑰花香

（最近一次在埃内斯特·布贺勒家）

我们跟每次来的时候一样，喝着白朗姆酒加红糖，加框的画布一幅幅搁在地上，很多都是这几年画的。不过这一次，我专注于最近的几幅画，这些靠在墙上的画我是第一次看到，它们以白色为主调，和先前那些画明显不同。我问道："还一直是死亡吗？""是啊。"他说。

先前的那些时期，无头的裸露身体飘荡着，下面则是几只小狗在没有尽头的黑夜里哭泣。这几幅夜的画作，我早先认为是受到奴隶历史的启发，因为对奴隶们来说，夜晚是自由生活的唯一时刻。"夜离开了你这些白色的画吗？""不。我画的还是夜。"他说。我这才明白，夜只是把它的外衣翻转过来。这是冥间永恒拥抱的夜。

他解释给我听，画的第一阶段，画布的颜色非常丰富，后来，白色一点一点加上去，像细绳编的帘子，像一场雨，覆在画上。我说："天使们在夜里造访你的画室，把白色的尿撒在你的画上。"

我一看再看的那幅画是这样的：左边有一扇打开的门，中间是一具水平的身体，飘浮着，仿佛正要出家门。下面，右边，放着一顶帽子。我明白了，这不是家门，而是坟墓入口，就像在马提尼克的墓园里看到的：贴着白色方砖的小屋。

我看着下面的这顶帽子出现在墓旁，令人惊讶。一件物品突兀地出现，这是超现实主义者的手法吗？前晚，我去另一位马提尼克朋友于贝尔的家。他拿了一顶帽子给我看，那是他去世多年的父亲留给他的一顶漂亮的大帽子。"帽子，在我们这儿是长子从父亲那里继承的纪念物。"他如此为我解释。

还有玫瑰。这些玫瑰飘浮在身体周围，它们飘荡着，或者长在身体上。霎时间，我的脑子里浮现了一些诗句，那是我年纪很轻的时候十分着迷的诗句，是捷克诗人弗朗齐歇克·哈拉斯的诗句：

在下面你将闻到玫瑰花香
当你经历你的死亡
夜里，你将抛弃
爱情，你的盾牌

我看见我的故乡，这巴罗克教堂、巴罗克墓园、巴罗克雕像的国度，以及对于死亡的执念，对于离去的身体的执念，这不再属于活人的身体就算已经腐烂，它还是身体，它是爱情、温情、欲望的对象。我看到我的前面是过去的非洲和过去的波希米亚，一个黑人的小村与帕斯卡的无限空间，超现实主义和巴罗克，哈拉斯和塞泽尔，天使在撒尿，小狗在哭，我自己的家和我的他方。

七

我的初恋

单腿人伟大的长跑

如果有人问我，我的祖国通过什么在我的美学基因里留下深远影响，我会毫不迟疑地回答：通过雅纳切克的音乐。身世的巧合在这里也扮演了它的角色，因为雅纳切克一辈子都在布尔诺生活，我父亲也是，他还是年轻钢琴家的时候，曾经是一个对雅纳切克着迷的（孤立的）音乐社团的成员，这些人是雅纳切克最早的行家与捍卫者。我在雅纳切克辞世之后一年来到人间，从小，我就每天听父亲或是他的学生们弹奏他的音乐。一九七一年，在我父亲的葬礼上，在被占领的阴暗年代，我不让任何人致辞；只有四个音乐家，在火化时，演奏雅纳切克的《第二弦乐四重奏》。

四年后，我移居法国，受到国家命运的震撼，我在电台谈了好几次这位捷克最伟大的作曲家，谈了很长的时间。后来，我很乐意地答应帮一份音乐期刊撰写乐评，评论雅纳切克的作品在那几年（九〇年代初）被录制成的专辑。这是份愉快的工作，没错，但是演奏水准的不相称（经常是极为平庸）令人不可思议，这就有一点扫兴了。在这些专辑里，只有两张令我着迷，阿兰·普拉内斯演奏的钢琴曲，还有维也纳的阿尔班·贝尔格弦乐四重奏演出的四重奏。为了向他们致敬（也以此与其他人论战），我试着定义雅纳切克的风格："对比性极强的主题令人晕眩地紧密并列，快速接连出现，没有过渡句，而且经常同时鸣响；在缩减到极致的空间里，形成粗暴与温柔之间的张力。还有，美与丑之间的张力，因为雅纳切克或许是极少数有能力的作曲家，可以在音乐里提出伟大画家才会提出的问题——丑，作为艺术创作的对象。（譬如，在四重奏里，有几节使用了近琴马奏〔sul ponticello〕，尖锐刺耳，将乐音转化为噪音。）"可是就连这张让我听得这么高兴的专辑也附了一段文字，以民族主义的愚蠢观点介绍雅纳切克，把他说成了"斯梅塔纳的门徒"（与此相反！），并且将他的表现性化约为对于逝去时代的浪漫感伤。

同样音乐的不同诠释本来就会有品质上的差异，这种事再正常不过了。但是，雅纳切克的问题并不是演出的缺陷，而是人们对于他的美学的聋盲！人们对于他的原创性的误解！这种误解，我认为意义深远，因为它透露了压在雅纳切克音乐上的魔咒。这正是“单腿人伟大的长跑”这篇文章的写作缘由：

一八五四年生于贫穷的环境，他是村子（一个小村子）里小学老师的儿子，他从十一岁到过世之前都在布尔诺生活，这是个外省的城市，在捷克知识分子生活圈的边缘地带（他们的中心在布拉格，而布拉格在奥匈帝国里也只是个外省的城市）；在这些条件下，他的艺术进展慢得令人无法置信。他很年轻就开始作曲，但是直到四十五岁创作了《耶奴发》，才找到自己的风格。这出歌剧于一九〇二年完成，一九〇四年在布尔诺一家不起眼的剧院首演，当时他已经五十岁，头发全白。他得等到一九一六年——其间始终被轻视，近乎无名——《耶奴发》被拒于门外十四年后，才终于在布拉格演出，并且出乎意料地成功，更跌破众人眼镜的是，这出歌剧让他的名声突然越过祖国的边界。六十二岁那年，他的生命长跑加速到令人晕眩的地步；他还有十二年可活，他仿佛活在永不歇止的狂热中，谱写他最重要的作品；他受邀参加“国际现代音乐协会”主办的每一个音乐节，他在巴托克、勋伯格、斯特拉文斯基的身旁，宛如他们的兄弟（一个年长许多的兄弟，但终究是兄弟）。

他到底是谁？一个天真的外地小子，满脑子民谣，如同布拉格那些高傲顽固的音乐学家所做的介绍？还是现代音乐的一个大人物？这样的话，他做的是哪一种现代音乐？他并不属于任何已知的流派，也不属于任何团体、任何学派！他是不同的，也是孤独的。

弗拉迪米尔·赫佛特于一九一九年成为布尔诺大学的教授之后，立刻着手书写他深深着迷的雅纳切克，在他的计划里，这是全集四卷的巨型专论。雅纳切克于一九二八年辞世，十年后，赫佛特在长期的研究之后完成了第一卷。那时是一九三八年，慕尼黑会议，德国占领，战争。赫佛特被关进集中营，和平降临未久即辞世。至于论文，他只留下第一卷，而在这份论文的最后，雅纳切克才三十五岁，还没有任何成气候的作品。

一则小故事：一九二四年，马克斯·布洛德出版了一本热情的短篇专论，主题是雅纳切克（用德文写的，也是第一本关于雅纳切克的书）。赫佛特立刻攻击他，他认为布洛德缺乏严肃的科学精神！证据是，有些雅纳切克年轻时作的曲子，布洛德甚至不知道这些作品的存在！雅纳切克替布洛德辩护：听这些无关紧要的东西干什么？为什么要拿作曲家自己觉得不重要，甚至烧掉一大部分的东西来评判他？

这就是关于原型的冲突：一种新的风格，一种新的美学，这些东西如何捕捉？像历史学家喜欢的作法，努力回溯，找到艺术家年轻的时候，找到他的第一次交媾，找到他包过的尿布？还是，像艺术实践者，关心作品本身，关心作品的结构，并且去分析、剥解、比较、对照？

我想到《欧那尼》著名的首演。雨果二十八岁，他的朋友们还更年轻，他们的热情不仅是为了这出戏，更是为了这出戏的新美学，他们认识这种美学，他们捍卫这种新的美学，他们为此奋战。我想到勋伯格；虽然他被那么多人冷眼相待，但是他也被年轻的音乐家、被他的学生们和行家们围绕，阿多诺也在其中，他将写下一部为勋伯格的音乐留下伟大诠释的名著。我想到超现实主义者，他们急着为他们的艺术附上一份理论宣言，避免一切错误的诠释。换句话说，所有现代流派一直在奋战，为的不仅是他们的艺术，也为了他们的美学纲领。

雅纳切克在他的外省地方，身边没有任何一帮朋友。没有任何阿多诺，连十分之一、百分之一个阿多诺也没有，没有人在那里帮他解释他的音乐新意何在，他只能独自前行，没有任何理论支持，宛如一个单腿的跑者。在他生命的最后十年，布尔诺有一个年轻音乐家的圈子非常喜爱他，也理解他，但是他们的声音几不可闻。他死前几个月，布拉格的国家剧院（就是十四年期间都拒《耶奴发》于门外的那个剧院）将阿尔班·贝尔格的《伍采克》搬上舞台；这种过于现代的音乐激怒了布拉格的观众，嘘声四起，剧院主管不得不迅速做出顺从民意的决定，把《伍采克》从节目单上抽掉。此时老迈的雅纳切克捍卫贝尔格，公开地、猛烈地，仿佛只要时间还来得及，他就要让人知道，谁和他是一伙的，哪些人是他自己人，是他一辈子都没见过的自己人。

此刻，雅纳切克已辞世八十年，我打开《拉鲁斯词典》，读着他的简介："…… 他经常采集民间歌曲，这些歌曲的精神灌注在他所有的作品和政治思想里"（请试着想象，这段话所描绘的这个几乎不可能存在的白痴是什么德性！）…… 他谱写的是"彻底的民族性与种族性"的作品（请留意，这段话是在现代音乐的国际背景之外写的！）…… 他的歌剧"充满社会主义的意识形态"（完全不知所云 ……）；他们把他的音乐形式描述成"传统的"，而且不谈他的不因循、不流俗；关于歌剧，他们提到的是《夏尔卡》（这是不成熟的作品，理当被遗忘），而他的《死屋手记》，这出二十世纪最伟大的歌剧之一，却只字未提。

所以，看到数十年间，多少钢琴家、乐团指挥在寻找雅纳切克的风格时，被这些指示牌引入歧途，有什么好惊讶呢？我对于真正理解他，并且毫无迟疑的那些人因而怀抱更多的敬意：查尔斯·马克拉斯、阿兰·普拉内斯、阿尔班·贝尔格弦乐四重奏 …… 二〇〇三年，他去世七十五年，在巴黎，我出席了一场盛大的音乐会，听众极为热情，那是皮埃尔·布列兹[1]指挥演出的《随想曲》、《小交响曲》和《庆典弥撒》。我从未听过比这次演出更雅纳切克的雅纳切克作品——鲁莽放肆的清明，反浪漫的表现性，粗暴的现代性。当时我心想：或许，在一整个世纪的长跑之后，只用一条腿在跑的雅纳切克，最后终于和他的自己人组成的跑者群会合了。

乡愁最深的歌剧

一

在雅纳切克的歌剧里，有五个大师之作，其中三个剧本(《耶奴发》：一九〇二年、《卡嘉·卡班诺娃》：一九二一年、《马克罗普洛斯事件》：一九二四年)是将戏剧作品修改、缩短。另外两个(《狡猾母狐狸》：一九二三年和《死屋手记》：一九二七年)的情况不一样，前者根据的是一位捷克当代作家的长篇连载小说(迷人的作品，但是没有宏伟的艺术野心)，后者的灵感来源则是陀思妥耶夫斯基对于苦刑犯生活的回忆。这就不再是缩短或修改可以解决的了，他得创作出独立存在的戏剧作品，并且赋予这些作品一个新的

① Pierre Boulez(1925—)，法国当代古典乐作曲家、指挥家。

架构。这工作雅纳切克不可能托付给任何人，他自己担了下来。

而且这是一份复杂的工作，因为这两个文学模型既没有结构，也没有戏剧张力，《狡猾母狐狸》只是关于森林田园诗的一组画面，《死屋手记》则是关于苦刑犯生活的报导。值得注意的地方就在这里，雅纳切克不只没在他的改编本里为了情节或悬念不足而做出任何努力，反而还刻意强调；他把这个缺点变成了王牌。

与歌剧艺术同生共存的危险，就是它的音乐很容易就会变成单纯的说明，太过专注于情节演变的观众有可能不再是听众。从这个观点看来，雅纳切克放弃虚构的情节，放弃戏剧性的情节，对一个想从歌剧内部翻转“权力关系”，将音乐彻底置于首要地位的伟大音乐家来说，这似乎是终极的策略。

也正因为这种情节的朦胧，雅纳切克才得以找到——在这两个作品里多过另外三个作品——歌剧台词的特殊性。而这特殊性也可以藉由这个负面的证据来印证——如果在没有音乐的情况下呈现这些剧本，它们看起来其实蛮糟的，糟是因为从概念开始，雅纳切克就把支配性的角色留给音乐，是音乐在说故事，在揭露人物的心理，是音乐在让人感动，让人惊讶，是音乐在沉思，在魅惑人，甚至是音乐在组织作品的整体，在决定作品的架构（而且是做工非常细致的架构）。

二

拟人化的动物可能会让人认为《狡猾母狐狸》是一则童话故事、一则寓言或一则讽喻。这错误有可能遮盖这个作品最重要的原创性——扎根于人的生活散文，扎根于平凡的日常生活性当中。背景：一幢森林看守人的小屋，一家客栈，森林。人物：一个森林看守人和两个朋友，一个是村里的小学老师，一个是神父，然后是客栈老板、老板娘，还有一个偷猎的人；加上一些动物。拟人化一点也没有让动物们从日常生活的散文中抽离，母狐狸被森林看守人抓住了，关在院子里，然后又逃走，住在森林里，有了小狐狸，后来又被偷猎的人枪杀，最后成了这个凶手的未婚妻的皮裘手笼。这只是在动物的场景里，将游戏放肆的微笑添加在原本如此的平凡生活上：母鸡们造反，要求社会权，还有嫉妒的鸟儿们假道学的闲言闲语，诸如此类。

连结动物世界与人类世界的是同一主题：随时离去的时光，老年，每一条路都通往它。米开朗琪罗在他著名的诗句里以画家身份说：老年，就是积累肉体衰败的既可怕又具体的细节；雅纳切克则以音乐家的身份说：老年的“音乐本质”(意思是：音乐可以到达的，只有音乐可以表述的)，是对于逝去时光的无限乡愁。

三

乡愁。它决定的不只是作品的气氛，也决定了立足于两种时间时时对照的平行架构。人类的时间缓缓变老，动物的时间则是快步前进。在母狐狸快速时间的镜子里，森林看守人瞥见自己人生短暂，令人忧伤。

在歌剧的第一个场景，森林看守人疲惫地走过森林。“我快累死了，”他叹了一口气说，“像是新婚之夜刚过。”然后他坐下来睡着了。在最后的场景，他也想起新婚之日，他又在一棵树下睡着了。正因为有这样的人性框架，歌剧的中途欢乐庆祝的母狐狸婚礼才会散发着告别的柔和光芒。

歌剧最终的乐段始于一个看似无关紧要的场景，但这场景却始终揪着我的心。客栈里只有森林看守人和小学老师两人。第三个朋友，也就是神父，被调到另一个村子，已经不在他们身边了。客栈老板娘太忙，没心情讲话。小学老师也一样，沉默寡言——他爱的女人今天跟别人结婚了。所以，他们的对话实在乏善可陈：老板上哪儿去了？去城里了；神父怎么样啊？谁知道；森林看守人的狗，它为什么没来？它不喜欢走路了，脚痛，它老了；跟我们一样，森林看守人补上一句。我没看过哪个歌剧场景的对话无趣到这种地步，我也没看过哪个场景有比这更令人心碎、更真实的悲伤。

雅纳切克成功地说出只有歌剧能说的：一家客栈里的一段无关紧要的闲聊，这般令人无法承受的乡愁只有靠歌剧才能表达——音乐变成某种情境的第四个维度，倘若没有音乐，这情境将无足轻重，无人瞥见，无声无息。

四

小学老师喝多了酒，一个人在原野上看见一朵向日葵。他疯狂地爱着一个女人，他以为那朵花就是她。他跪下来对着向日葵诉说衷情。“不论天涯海角，我都跟你去。我会把你搂在怀里。”这个部分不过七个小节，却有非常强烈的悲怆。我把它们的和弦摘录如下，让大家看到，这里没有任何一个出乎意料的不协和音（像斯特拉文斯基的作品有可能出现的），让人们得以因此理解这

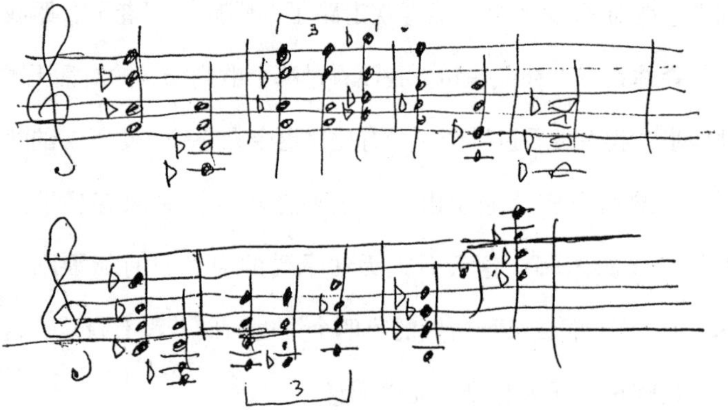

场告白的滑稽特质：

这正是老雅纳切克的智慧所在：他知道在我们的感觉当中，可笑的真实性是怎么也不会改变的。小学老师的热情越是真挚深刻，就越是滑稽，越是悲伤。(顺带一提，试想这个场景如果没有音乐，将仅止于滑稽。平淡无奇的滑稽。唯有音乐可以让人瞥见隐藏的忧伤。)且让我们暂时停留在这首献给向日葵的情歌。它只有七个小节，没有反复，没有任何延长。这会儿我们听到的，和瓦格纳的感情意义完全相反，瓦格纳的特色是以长旋律去挖掘、深入、扩大，直至陶醉，而且每次只放大一种感情。在雅纳切克的作品里，感情强烈的程度不遑多让，但这些感情极为集中，因而简短。世界就像是旋转木马，感觉来来去去、交替、对峙，经常在互不兼容的情况下同时响起，而这就构成了雅纳切克的音乐无法模仿的张力。《狡猾母狐狸》最初的几个小节可以为证：感伤无力的乡愁连奏（legato）动机碰上来搅局的断奏（staccato）动机，后者以三个快速音符作结，数度反复，越来越逼人：

这两个在感情上相反的动机同时呈现，混杂，交叠，对立，它

们的同时存在令人担忧，占据了四十一个小节，让人从一开始就沉浸在《狡猾母狐狸》这首令人心碎的田园诗紧绷的感情氛围里。

五

最后一幕：森林看守人向小学老师告辞，离开了客栈。在森林里，他任由乡愁占领思绪，他想到结婚那天，他和妻子在同样的树下漫步：一首欢乐的歌，颂赞一个逝去的春天。所以，这终究也是个中规中矩的感伤结局吗？不尽然是“中规中矩”的，因为散文式的歌词不断在颂赞中插入。先是一群苍蝇嗡嗡作响十分扰人（小提琴近琴马奏），森林看守人把它们从脸上赶开：“没有这些苍蝇，我马上就可以睡着。”因为，别忘了，他很老，跟脚痛的那只狗一样老。不过，在真正睡着之前，他还是唱了好几个小节。在梦里，他看见森林里所有的动物，其中有一只小母狐狸，那是狡猾母狐狸的女儿。他对它说：“我要抓住你，就像抓住你妈那样，不过这次我会好好处理你，才不会被人家把你、把我写在报纸上。”这是影射雅纳切克取材的长篇小说是在报上连载的；这是把我们从抒情诗的气息如此强烈的情境里唤醒的一个笑话（不过也只是几秒钟）。接着，跑来一只青蛙。“小怪物，你在这儿干啥？”森林看守人对它说。青蛙结结巴巴地说：“您以为您看过的那只青蛙不是我，是我、我、我的爷爷，他经、经、经常提到您。”这是歌剧最后的几句话。森林看守人在一棵树下沉沉睡去（说不定还打着呼噜)，此刻音乐(短暂地，不过是几个小节)在忘情陶醉之中盛放。

六

啊，这只小青蛙！马克斯·布洛德一点也不喜欢它。马克斯·布洛德，是的，弗兰兹·卡夫卡最亲近的友人；不论到哪里，只要他可以，他都捧雅纳切克的场；他把他的歌剧翻译成德文，为这些作品打开日耳曼剧场之路。他诚挚的友情让他得以将所有的批评意见都告诉作曲家。小青蛙，他在一封信里写道，它应该消失，森林看守人应该庄严地说几句话，取代它的结结巴巴，作为歌剧的结局！他甚至向雅纳切克提议："So kehrt alles zurück, alles in ewiger Jugendpracht!(这样一切都回来了，一切都带着永恒的青春活力回来了！)"

雅纳切克拒绝了。因为布洛德的提议和他所有的美学企图背道而驰，和他一生与人论战的精神背道而驰。在论战当中，他和歌剧传统是对立的。他和瓦格纳是对立的。他和斯梅塔纳是对立的。他和他的同胞们的官方音乐理论是对立的。换句话说，他和（容我套用勒内·吉拉尔[①]的说法）“浪漫的谎言”是对立的。以青蛙为主题的小争执，显露出布洛德无可救药的浪漫主义：试想老迈疲惫的森林看守人，展开双臂，头往后仰，歌颂青春的永恒与荣光！这正是浪漫的谎言，或者，换另一个字眼来说，这就是媚俗。

二十世纪中欧最伟大的文学家（卡夫卡、穆齐尔、布洛赫、贡布罗维奇，当然还有弗洛伊德）都反叛了前一世纪的传承（他们在这反叛之中都非常孤立）。在他们的中欧，前一世纪的传承屈服于浪漫主义沉重的影响力。对他们来说，这种浪漫主义庸俗的极致，无可避免地导致媚俗。而媚俗对他们来说（对他们的门徒和传承者来说），是最大的美学之恶。

---

① René Girard（1923— ），法国哲学家，二〇〇五年当选为法兰西学院院士。

十九世纪的中欧并没有给世界带来任何一个巴尔扎克、司汤达，却把一个伟大的信仰献给了歌剧，这种信仰在歌剧和所有的领域里都扮演了社会、政治、民族的角色。因此，如其原貌的歌剧——它的精神、众人皆知的浮夸言词风格——激起了这些伟大的现代主义者嘲讽的怒火。譬如，对布洛赫来说，瓦格纳歌剧的华丽排场、多愁善感、非现实性，代表的正是媚俗的典范。

雅纳切克通过其作品的美学，跻身中欧这群伟大（而孤独）的反浪漫派文人之列。虽然他将一生奉献给歌剧，但是他和他的传统、他的习俗、他的作为之间的微妙关系，与布洛赫的坎坷实在不相上下。

七

雅纳切克是最早以散文剧本谱写歌剧的音乐家之一（他在十九世纪结束之前就动手写《耶奴发》了）。仿佛藉由这个大动作，他永远拒绝了诗化的语言（也拒绝将现实诗化的幻觉），这个大动作让他一下子找到了自己的风格。而他的大赌注则是：在散文之中寻找音乐之美：日常生活情境的散文之中，在将要启发他旋律艺术原创性的口语散文之中。

哀歌式的乡愁：音乐与诗歌崇高而永恒的主题。可是雅纳切克在《狡猾母狐狸》里揭开的乡愁远远不同于那些为过去时光哭泣的戏剧手势。他的乡愁极为真实，出现在无人寻索的时地——在客栈里两个老男人的闲聊里；在一只可怜小动物的死亡里；在小学老师对着向日葵下跪的爱情里。

八

遗忘勋伯格

这不是我的庆典

（本文发表于一九九五年，与其他文章一同刊载于

《法兰克福评论报》，庆祝电影诞生百年）

卢米埃尔兄弟在一八九五年发明的不是一种艺术，而是一种让人得以捕捉、呈现视觉影像，并且保存、做成档案的技术，而这视觉影像捕捉的并非片段瞬间的现实，而是一段时间的动作。如果没有这个“连续动作的相片”的发明，今天的世界不会是此刻的样貌：新的技术成了，第一，让人变笨的主要行动者（广告片、电视剧集：从前的坏文学和这些东西的威力相比，有天壤之别）；第二，全球性的偷窥行为的行动者（摄影机：在不名誉的情况下偷拍政敌，或在恐怖攻击之后，将某个躺在担架上的半裸女人的痛苦化为令人永难忘怀的画面……）。

作为艺术的影片确实存在，但是它的重要性远低于作为技术的影片，而它的历史，肯定是所有艺术史当中最短的。我想起

二十几年前在巴黎的一次晚餐。有个聪明又讨人喜欢的年轻人以戏谑的轻蔑语气提起费里尼——他最近的一部片子，他真的觉得很糟。我像被催眠似的望着他。我知道想象力的价值，因此对于费里尼的电影，我始终怀抱谦逊的崇敬之意。在这个聪慧耀眼的年轻人面前，在一九八〇年代初期的法国，我第一次感受到在捷克斯洛伐克（即便是最恶劣的斯大林年代）从未有过的感觉——觉得自己处在一个艺术之后的时代，处在一个艺术已经消失的世界，因为对于艺术的渴望、对艺术的感受性、对艺术的爱，都消失了。

从此，我越来越经常发现人们不再喜爱费里尼了，尽管他曾经成功地以他的作品造就了现代艺术史上的一个伟大时代（如同斯特拉文斯基，如同毕加索）；尽管他曾经以无可比拟的奇想融合了梦与现实（超现实主义者向往的古老纲领）；尽管在最后的时期（正是这个时期被人看不起），他知道如何以清澈的梦幻之眼残酷地揭开当代世界的假面（请想想《乐队排演》、《女人城》、《船行》、《金格和弗莱德》、《访谈录》、《月亮之声》）。

也正是在这个最后的时期，费里尼和贝卢斯科尼发生了激烈冲突，他反对贝卢斯科尼让电视广告打断影片的作法。在这场冲突里，我看到了某种深刻的意义：由于广告片也是一个电影类型，这场冲突因而是卢米埃尔兄弟的两种传承之间的冲突——作为艺术的影片与作为让人变笨的行动者的影片之间的冲突。大家都知道结果：作为艺术的影片败阵了。

这场冲突于一九九三年告终，贝卢斯科尼的电视台将费里尼的身体投映在荧幕上，赤裸裸的、被解除武装的、临终的时刻（奇怪的巧合：这正是在一九六〇年的电影《甜蜜的生活》当中一个令人难忘的场景，摄影机奸尸的狂热首度被捕捉，并且如先知预言般呈现）。历史性的转折结束了，费里尼的遗孤们作为卢米埃尔兄弟的传承者已经不再有什么影响力了。费里尼的欧洲被另一个完全不同的欧洲背离了。电影百年？没错。可这不是我的庆典。

贝尔托，你还剩下什么？

一九九九年四月，一份巴黎的周刊（最严肃的周刊之一）刊登了一个“世纪天才”的专题。名单上有十八人：香奈儿、玛丽亚·卡拉斯、西格蒙德·弗洛伊德、居里夫人、伊夫·圣罗兰、勒·柯布西耶、亚历山大·弗莱明、罗伯特·奥本海默、洛克菲勒、斯坦利·库布里克、比尔·盖茨、毕加索、福特、爱因斯坦、罗伯特·诺伊斯、爱德华·泰勒、爱迪生、摩根。也就是说，没有任何小说家、诗人、剧作家；没有任何哲学家；只有一个建筑师；只有一个画家，可是有两个时装设计师；没有任何作曲家，有一个歌剧女高音；只有一个导演（巴黎的记者没选爱森斯坦、卓别林、伯格曼、费里尼，他们比较喜欢库布里克）。这份名单不是一些无知的人拼凑出来的。它极其清楚地宣示了一个真实的改变：欧洲与文学、哲学、艺术的新关系。

属于文化的大人物，我们遗忘了吗？遗忘并非确切的字眼。我记得在同一时期，在世纪将尽之际，一股论文潮几乎将我们淹没，关于格雷厄姆·格林，关于欧内斯特·海明威，关于托·斯·艾略特，关于菲利普·拉金，关于贝尔托·布莱希特，关于马丁·海德格尔，关于巴勃罗·毕加索，关于欧仁·尤奈斯库，关于奇奥朗，还有更多更多……

这些流露着怨恨的论文（感谢克雷格·雷恩为艾略特辩护，感谢马丁·埃米斯为拉金辩护）让周刊的名单有了清楚的意义：排除这些文化的天才，人们毫不迟疑；喜欢香奈儿轻松得多，她的衣服天真无邪，不会让人有压力，好过这些文化泰斗，一个个都和世纪之恶、堕落、罪行有所牵连。欧洲进入了检察官的年代，欧洲不再被爱，欧洲不再爱它自己。

这么说的意思是，这些论文对于它们描绘的作者所创作的东西特别严苛啰？啊，不是这样的，在这个年代，艺术已经失去了吸引力，教授和行家们不再管那些画作和书本了，他们只管做出这些作品的人，还有他们的人生。

在检察官的年代，人生的意思是什么？

是原本要遮掩在骗人的外表下的一长串事件，也就是错事。

为了在伪装之下找出错事，论文作者必须有侦探的天分，还得有一个密探的网络。而为了不要失去学术高度，论文作者得在页尾注明告密者的姓名，因为这么一来，以科学的眼光来看，一段流言蜚语就成了真实。

我打开这本以贝尔托·布莱希特为主题的八百页巨著。作者是马里兰州立大学比较文学系的教授，他巨细靡遗地论证了布莱希特灵魂的卑劣之处（掩饰自己的同性恋、色情狂、剽窃自己情妇们的剧作、赞同希特勒、说谎成性、冷酷无情），之后，终于来到他的肉体（第四十五章），来到他非常严重的体臭，作者为此写了一整段。为了确认这则嗅觉发现的科学性，作者在这一章的第四十三个注释里指出，他“这个细致的描述来自薇拉·滕舍特，当年柏林人剧团的摄影主任”，她在“一九八五年六月五日”告诉他这件事（也就是在这个发臭的人入殓三十年之后）。

啊，贝尔托，你还剩下什么？

你的体臭，被你忠诚的合作伙伴保存了三十年，然后由一位学者接手，以大学实验室的现代方法强化之后，将它送往我们未来的千禧年。

遗忘勋伯格

战后一年或两年，我十六七岁的时候，曾遇到一对约莫比我大五岁的犹太夫妇，他们的青少年时期先后在特雷辛和另一个集中营里度过。面对他们的命运我不知所措，我感到惶惶不安。我的不安惹恼了他们，他们说："停，停，别再这样了！"语气坚决。他们让我明白了一件事，那里的生活方方面面都有，那里有泪水也有玩笑，有恐怖也有温柔。为了对于自己生命的爱，他们抵抗着，不愿被变成传奇，变成不幸的雕像，变成黑色纳粹之书的档案。后来我再也没见到他们，可是我没忘记他们试着让我理解的事。

特雷辛是捷克文，德文是特雷辛施塔特（Terezinstadt）。一个变成犹太区的城市，纳粹拿来当作样板，他们以相对文明的方式让被拘禁的犹太人在这里生活，这样才有东西可以给国际红十字会那些愣头愣脑的家伙看。这里聚集的是一些中欧的犹太人，特别是奥地利—捷克这一块的。当中有许多知识分子、作曲家、作家，他们是曾经受到弗洛伊德、马勒、雅纳切克、勋伯格的维也纳学派、布拉格结构主义的光芒照拂的伟大世代。

他们并没有抱着幻想，他们知道自己活在死神的候见室，他们的文化生活被纳粹的宣传吹嘘着，作为不在场的证明。难道，他们就该因此拒绝这种岌岌可危、被恶意操弄的自由吗？他们的回答非常清楚。他们的创作、展览、音乐会，他们的爱，他们生活的种种方面拥有无可比拟的重要性，胜过他们的狱卒演出的死亡喜剧。这就是他们的赌注。今日，他们的心智与艺术活动让我们哑口无言，我想到的不仅是他们成功地在那里创造出来的作品（我想到那些作曲家！雅纳切克的学生帕维尔·哈斯，他在我儿时曾教我作曲！我想到汉斯·克拉萨！吉迪恩·克莱恩！我想到安切尔，他在战后成为欧洲最伟大的乐团指挥之一！），我想到的或许更是这对于文化的饥渴，在如此骇人的条件下，依然占据着整个特雷辛社群的心。

对他们来说，艺术是什么？是将感觉与思想的每一方面完全展开的方法，好让生命不致缩减为恐惧的单一维度。对那些被拘禁在那里的艺术家来说呢？在他们眼里，个人的命运和现代艺术的命运是混在一起的，所谓“退化”的艺术，是被追捕、被嘲笑、被判处死刑的艺术。我看着当时在特雷辛举办的一场音乐会的海报，曲目上写着：马勒、策姆林斯基、勋伯格、哈巴。在刽子手的监视下，死刑犯们演奏着被判刑的音乐。

我想到上个世纪的最后几年。记忆、记忆的责任、记忆的工作，是这段时间的旗帜性字眼。人们认为追剿过去的政治罪行是一种光荣的行为，要一直追到阴影里，追到最后的污点里。然而，这种极其特别的、具有控诉性及目的性、急于处罚人的记忆，和特雷辛的犹太人如此热情怀抱的记忆毫无共通之处，他们才不在乎对他们施刑的人是否不朽，他们所做的一切只是为了将马勒和勋伯格留在记忆里。

有一次在辩论这个主题的时候，我问一个朋友：“……你听过《华沙的幸存者》吗？”“幸存者？哪一个？”他不知道我在说什么。其实，《华沙的幸存者》是勋伯格的清唱剧，是以音乐题献给犹太大屠杀最伟大的纪念碑。二十世纪犹太人悲剧的一切存在本质都活生生地保存在这个作品里，在它可怕的庄严之中，在它可怕的美丽之中。人们争吵着，不让大家忘记杀人者。而勋伯格，大家都忘了他。

九

《皮》：一部原小说

一 寻找一种形式

有些作家，伟大的作家，以精神的力量令我们赞叹，但他们却像被某种诅咒附了身。关于他们要说的一切，他们并没有找到一种和他们这个人紧密相连、牢不可分、如同他们想法的原创形式。譬如，我想到的是马拉帕尔泰时代的法国大作家，我年少时无一不爱；萨特，或许是当中最喜爱的。奇怪的是，正是萨特，他的文学评论（他的那些“宣言”）令我惊讶，因为他对于小说这个概念充满怀疑。他不喜欢说“小说”、“小说家”，这个词可以是某种形式的第一条线索，他却不愿说出这个字眼。他只说“散文”、“散文作家”，偶尔说“散文家”。他的解释是，他在诗里看到某种“美学的自主性”，而散文里没有。“散文的本质是实用的。[……]作家是一个说话的人：他表明、论证、命令、拒绝、质疑、恳求、辱骂、说服、影射。”这么一来，形式还有什么重要的？他的回答是：“……重要的是我们想写什么，是蝴蝶或是犹太人的处境。如果我们知道了，剩下的就是决定如何去写。”尽管萨特的每一部小说都很有分量，但它们的特色确实是形式上的兼容并蓄。

当我听到托尔斯泰的名字，我立刻想到他的两部伟大的小说，都是独一无二的。当我说到萨特、加缪、马尔罗，他们让我第一个想到的，是他们的传记，他们的论战和斗争，他们采取的立场。

二 “介入作家”预先出现的典型

大约在萨特之前二十年，马拉帕尔泰就已经是“介入作家”了。不过我们该说，他是预先出现的典型；因为当时人们不用萨特这个著名的说法，而马拉帕尔泰也还没写出任何东西。十五岁的时候，他是共和党（左派政党）地方青年党部的书记；十六岁的时候，第一次世界大战爆发，他离开自己的家，越过法国边界，加入志愿军团对德国人作战。

我不想过度强调这是个青少年的决定，无论如何，马拉帕尔泰的行为是卓然不凡的。而且是真诚的，我得这么说，他的行为远比媒体宣传的闹剧来得高尚，今日，一切政治性的作为都注定有媒体闹剧相随。战争快结束的时候，在一场凶险的战役里，他遭到德军火焰喷射器的攻击，受了重伤。他的肺部永久损坏，他的灵魂受了创伤。

可是，为什么我会说这个年轻的学生兵是介入作家预先出现的典型呢？因为后来，他说了一件往事：年轻的意大利志愿军很快就分为对立的两派，一派仰望的对象是加里波第，一派仰望的是彼特拉克（这些人在上前线之前先在法国南部的某个地方集结，彼特拉克也曾经在这个地方生活）。然而，在这场青少年的争执里，马拉帕尔泰站在彼特拉克的旗帜下，对抗加里波第的信徒。他的介入，打从一开始就不像工会干部、政治活跃分子，而是像雪莱，像雨果，或是马尔罗。

战后，这个年轻人（非常年轻）加入了墨索里尼的政党。他始终无法忘怀大屠杀的过往，他在法西斯里头看到了革命的承诺，他们将扫荡他所知并且厌恶的世界。他当了记者，他知道政治生活里发生的一切，他热中于社交生活，他知道如何引人注目，如何诱惑人，可他更爱艺术和诗歌。他始终喜爱彼特拉克胜过加里波第，而他钟爱甚于一切的那些人，都是艺术家和作家。

因为彼特拉克在他心中比加里波第更重要，他的政治介入因而是个人的、荒诞的、独立的、没有纪律的，因此他不久之后就和当权者起了冲突（在同一年代的苏联，共产党的知识分子也有相当类似的处境），他甚至因为“反法西斯的活动”而被逮捕，他被逐出法西斯党，在监狱里关了一段时间，然后被判处长期居家软禁。后来他获释，重回记者岗位，一九四〇年被动员，他从苏联前线传回的文章未久即被判决（理所当然地）反德也反法西斯，于是他又在监狱里待了几个月。

三 发现一种形式

马拉帕尔泰一生中写了很多本书——评论、论战、观察、回忆——每一本都聪慧耀眼，但是如果没有《完蛋》和《皮》，这些书肯定已经被人遗忘了。他写《完蛋》，不只是写了一本重要的书，而且还找到一种形式，一种全新的东西，只属于他一个人。

这本书是什么？看第一眼的时候，是战地特派员的报导。一份奇特甚至耸动的报导，因为，作为《晚邮报》的记者兼意大利军官，他能自由地跑遍纳粹占领的欧洲，像个无人能识破的间谍。政治世界向他这个艺文沙龙耀眼的常客敞开大门，在《完蛋》里头，他报导他和一些大人物的对话，这些人包括意大利的政府高官（特别是外交部长齐亚诺，他是墨索里尼的女婿）、德国的政治人物（法兰克，他是曾经策划屠杀犹太人的波兰总督；还有他在芬兰蒸汽浴室里遇到的赤身裸体的盖世太保头目希姆莱），还有那些卫星国家的独裁者（安特·帕韦利奇，克罗地亚的领袖），穿插着他观察一般人现实生活的社会新闻报导（在德国、乌克兰、塞尔维亚、克罗地亚、波兰、罗马尼亚、芬兰）。

这些见证文字的性质独特，令人惊讶，没有任何历史学者曾经如此仰仗他们在二次世界大战中拥有的经验，从来没有人让这些政客的话在他们的书里如此长篇铺陈。这很怪，没错，但是可以理解，因为这份报导并非报导，而是一部文学作品，它的美学企图如此强烈，如此明显，一个敏感的读者会本能地将它排除在历史学者、记者、政治学者、回忆录作者所提供的见证文字的范畴之外。

这本书的美学企图从它的形式的原创性来看，给人的印象最为深刻。让我们试着描绘这本书的架构，它分为三层：部、章、节。全书共有六部（每一部都有标题），每一部都有好几章（每一章也都有标题），每一章又分为数节（没有标题，每一节之间只以一行空白隔开）。

六部的标题如下：《马》，《老鼠》，《狗》，《鸟》，《驯鹿》，《苍蝇》。这些动物的呈现是有形体的生物（第一部令人难以忘怀的场景：一百匹马被囚在结冰的湖里，只露出它们死去的头颅），但也是（更是）隐喻（在第二部里，老鼠象征犹太人，就像德国人对待他们那样；或者，在第六部里，苍蝇的繁殖完全符合现实，是因为热和尸体，但同时也象征着无意结束的战争气氛……）。

事件的进展并不是以报导者的经验整理出来的一套编年纪事。作者刻意呈现混杂，让每一部的种种事件发生在诸多历史时刻、不同的地点。譬如，第一部（马拉帕尔泰在斯德哥尔摩的一个老朋友家）一共有三章：第一章，两个男人想起他们过去在巴黎的生活；第二章，马拉帕尔泰（还是在斯德哥尔摩，跟他的朋友在一起）说起他在战乱血腥的乌克兰的经历；第三章也就是最后一章，他谈到他在芬兰的日子（就是在那儿，他看到马头露出结冰湖面的恐怖场景）。所以，每一部的事件都不是发生在相同的日子，也不在相同的地方。以每一部为整体，各有一种相同的气氛，一种相同的集体命运（譬如第二部，讲的是犹太人的命运），还有一种相同的人类存在角度（标题的动物隐喻所指涉的）。

四 不介入的作家

《完蛋》的手稿是在难以想象的条件下写成的（大部分在一个农夫的家里，在德军占领下的乌克兰），于一九四四年出版，那时大战甚至还没结束，意大利才刚刚重获自由。《皮》则是在此之后随即动笔，写于战后的最初几年，出版于一九四九年。这两本书有相似之处：马拉帕尔泰在《完蛋》里发现的形式也成为《皮》的基础；然而，两者的亲属关系越是不证自明，它们的差异性就越大：

《完蛋》的舞台上经常出现一些真实的历史人物，这造成一种模糊暧昧的感觉：如何理解这些段落？当作一个以见证之诚实精确而自豪的记者所写的报告？还是当作一个想以诗人的自由将自己对于这些历史人物的观点带进来的作者的狂想？

在《皮》里，模糊暧昧消失了：在这里，历史人物无栖身之地。这里也有大型的社交宴会，那不勒斯的意大利贵族在这里遇到美国军官，但是这些人物的名字是真的还是想象的，这次一点也不重要。在整本书里都陪着马拉帕尔泰的美军上校杰克·汉密尔顿是否真有其人？倘若真有其人，他的名字真是杰克·汉密尔顿吗？他说的话是马拉帕尔泰借他之口说出来的？这些问题一点意思也没有。因为我们已经完完全全离开属于记者或回忆录作者的国度了。

另一个大改变：写《完蛋》的人是一个“介入作家”，也就是说，他很确定自己知道恶在何处，善在何处。他始终厌恶德国的侵略者，一如他十八岁时厌恶那些手上拿着火焰喷射器的德军。他看过屠杀犹太人的暴行，他如何能中立？（说到犹太人，除了他，还有谁写过如此撼动人心的文字，见证那些每天在被占领的国家发生的、对犹太人的迫害？而且在一九四四年，那时关于这些事的谈论还不多，人们甚至对此还一无所知！）

在《皮》里，战争还没结束，但是结局已确定。炸弹依然掉落，但是这次掉落在另一个欧洲。昨天，人们不会问谁是刽子手，谁是被害者。现在，善与恶一下子蒙起了脸，人们对于新世界还认识不清，感到陌生，感到迷惑。说故事的人只确信一件事：他确定自己什么都不确定。他的无知变成智慧。在《完蛋》里，跟法西斯分子或法西斯的同路人在沙龙对话时，马拉帕尔泰时时以冷言嘲讽遮掩着自己的想法，然而对读者来说，这些想法却更加清楚。在《皮》里，他既无冷言冷语，也没有清楚的讲法。他说的话依然嘲讽，可这种嘲讽是绝望的，而且经常是激昂的；他夸大，他自相矛盾；他用自己的话伤害自己，也伤害别人；说话的是一个痛苦的人。不是一个介入作家。是一个诗人。

五 《皮》的写作

相对于《完蛋》（部、章、节）的三层划分，《皮》的划分只有两层：没有部，只有十二章，每章都有标题，由好几节组成，每节之间以一行空白相隔，没有任何标题。因此《皮》的写作方式比较简单，叙事速度较快，整本书比《完蛋》短了四分之一。仿佛《完蛋》的肥胖身躯经历了一个减肥疗程。

还有美化。这种美，我会试着以第六章《黑风》说明，这一章特别迷人，共有五节：

第一节，超级短的一个段落，只有四句话，发展着“黑风”如梦似幻的唯一形象，“宛如盲者摸索前行”，走遍世界，担当厄运的信使。

第二节说的是一则往事：地点在战乱的乌克兰，时间比小说里的现在早两年，马拉帕尔泰骑马走在路上，夹道种着两排树，村里的犹太人被钉在那儿的十字架上，等待死亡来临。马拉帕尔泰听见他们的声音，他们要马拉帕尔泰杀死他们，缩短他们的痛苦。

第三节说的也是一则往事。这一则的年代更远，发生在意大利的利帕里岛，马拉帕尔泰在战前曾被流放到该地，这是他的狗儿菲波的故事。“我从来不曾像爱菲波那样爱过一个女人，一个兄弟，一个朋友。”在他被拘押的最后两年间，菲波都和他在一起，他被开释的第一天，菲波也陪在他的身边。

第四节继续同样的菲波故事。有一天，菲波不见了。马拉帕尔泰费尽千辛万苦四处寻找，终于知道它被一个混混儿抓走，卖给一家医院做医学实验了。他在医院找到它，“躺在那儿，开膛剖肚，一支探针插在肝脏里”。它的嘴里没发出任何呻吟，因为在手术之前，医生早已把每一只狗的声带都割掉了。医生对马拉帕尔泰的印象不错，于是答应给菲波注射致命的针剂。

第五节的时间回到小说里的现在。马拉帕尔泰和美军一同往罗马进军。有个士兵受了重伤，肚破肠流，班长坚持要把他送去医院。马拉帕尔泰激烈地反对：医院太远了，搭吉普车过去耗时太久，这段路程会让这个士兵痛苦不堪；得让他留在原地，让他慢慢死去，但是不要让他知道自己就要死去。最后，这个士兵死了，班长迎面给了马拉帕尔泰一拳：“他会死都是你的错，你害他像一条狗那样死了！”医生来了，查看了士兵的死状之后，握着马拉帕尔泰的手说：“我以这位士兵的母亲之名感谢您。”

虽然每一节发生的时间、地点各不相同，但它们全都完美地连结在一起：第一节发展黑风的隐喻，这氛围将贯串全局。第二节，同样的风吹过乌克兰的景物。第三节，在利帕里岛，风依旧在，它是死亡的顽念，无影无形，“在人们的四周游荡，寡言而多疑”。因为死亡在这一章无所不在。死亡以及人面对死亡的态度——既懦弱又虚伪、无知、无能、困惑、手足无措。钉在树上十字架上的犹太人在呻吟。解剖台上的菲波喑哑无声，因为它被割了声带。马拉帕尔泰在疯狂的边缘，因为他无力杀死那些犹太人，缩短他们的痛苦。他找到勇气让菲波死去，安乐死的主题在最后一节重新出现。马拉帕尔泰拒绝让身受致命重伤的士兵延长他的痛苦，而班长赏了他一拳。

这一章从头到尾都如此混杂，却奇妙地统一在相同的氛围、相同的主题（死亡、动物、安乐死）、相同的隐喻及相同字眼的重复中（因此产生了一种旋律，以永不衰竭的气息压倒我们）。

六 《皮》与小说的现代性

马拉帕尔泰某一本文集的法文版序言的作者将《完蛋》和《皮》界定为“这位才华洋溢风格秀异的作家最重要的小说”。小说？真是小说吗？是的，我同意。尽管我知道《皮》的形式并不像大多数读者心里认为的小说。然而这样的例子绝不罕见，许多伟大的小说在诞生之际，跟大家共同接受的小说概念并不相似。那又如何？一部伟大的小说之所以伟大，不正是因为它不重复现存之物吗？伟大的小说家自己也经常因为他们奇特的书写形式感到惊讶，而且宁可不要那些无谓的讨论加诸他们的著作。然而，《皮》的差异是极其彻底的，差别在于，读者接触这本书的态度是将之视为一篇报导，读来拓展历史知识，或者视为一部文学著作，读来丰富自己的美感，增加自己对人的认识。

还有这个：一个艺术作品若不放在这门艺术的历史脉络下审视，就很难捕捉到它的价值（原创性、新意、魅力）。我认为，

《皮》的形式之中看似违逆小说概念之处，其实正响应了二十世纪形成的小说美学新气象（对立于前一世纪的小说的规范），这样的违背是有意义的。譬如，所有伟大的现代小说家都跟小说的“故事”保持某种隐约的距离，不再将之视为确保小说统一性无可替代的基础。

然而，《皮》的形式令人震撼之处就在这里：小说的写作没有以任何“故事”、任何情节的因果连续性作为基础。小说里的现在取决于它的起始线（一九四三年十月，美军抵达那不勒斯）和它的终点线（一九四四年夏天，吉米在永远离开、远赴美国之前，向马拉帕尔泰告别）。在这两条线之间，盟军从那不勒斯往亚平宁山脉进军。一切发生在这段时间的事都有某种特别的混杂（地点、时间、情境、回忆、人物）。我要强调，这种在小说历史上前所未有的混杂，丝毫未减作品的统一性，同样的气息流过全书十二章，形成以相同氛围、相同主题、相同人物、相同画面、相同隐喻、相同老调构成的唯一世界。

同样的背景：那不勒斯：小说在此启航，小说在此结束，对此地的回忆无所不在。月亮：它高挂在这本书的所有风景之上，在乌克兰，它照耀着钉在树上十字架上的犹太人；它挂在乞丐群居的郊区上空，“和一朵玫瑰一样，让天空充满香气宛如花园”；“它令人心醉神迷，它在神奇的远方”，它的光芒撒在蒂沃利的山峦上；“硕大、血腥、令人作呕”，它望着死尸遍野的一处战场。字词化为老调：瘟疫：它在美军抵达的同一天出现在那不勒斯，仿佛解放者带来这件礼物送给被解放者。后来，瘟疫变成一个隐喻，大批的告密事件像最可怕的流行病蔓延开来。或者，就在开头，旗帜：在国王的命令下，意大利人“英勇地”把旗帜丢到烂泥里，后来又把它扶起来当作新的旗帜，后来又把它扔掉，又把它拾起，亵渎地大笑着；到了这本书要结束的时候，仿佛响应着开头的场景，一具死尸被坦克辗过，扁平地舞动起来，“像一面旗帜”……

我可以继续列举无数字词、隐喻、主题，它们不断以重复、变奏、响应的方式回到书上，因而创造了小说的统一性，不过，我还是来说说这个刻意避免“故事”的写作方式的另一个令人着迷之处：杰克·汉密尔顿死了，马拉帕尔泰知道，从今以后，在他身边的亲友间，在他自己的国家里，他将永远觉得自己是孤单一人了。然而杰克的死只是在一个句子里提了一下（确实只是提了一下，我们甚至不知道他是怎么死的，何时死的），而且这唯一的句子出现在一长段同时谈及其他事情的文字里。在任何以一个“故事”为基础的小说里，一个如此重要的人物是值得大书特书的，而且或许还会是小说的结局。可是，奇怪的是，正因为这短促，这腼腆的节制，因为一切描述的阙如，杰克的死带来令人无法承受的感动……

七 心理性的退位

当一个还算稳定的社会以还算缓慢的脚步前进时，人为了让自己有别于同类（相似得让人悲伤的同类），会非常注意自己细小的心理特殊性，只有这些特殊性能让他得以欣赏自己渴望别人无从模仿的个人性，因而带来快乐。可是第一次世界大战，这巨大而荒谬的杀戮，在欧洲开启了一个新时代，从此专横而贪婪的历史突然出现在人的面前，并且压倒了人。从此以后，人被限定的最重要因素在外面。我要强调，要理解这些来自外部的冲击加上人的反应与行动方式所造成的一切后果，比起隐藏在无意识深处的私密伤口，并没有比较不惊人、不令人迷惑、不困难，对一个小说家来说，也不会比较不吸引人。而且只有他，能够捕捉别人无法捕捉的这个变动——时代带给人类生存的这个变动，所以他会给直到当时依然流行的小说形式带来一些破坏，也是理所当然的。

《皮》所有人物的真实性都很完美，但丝毫未见他们个人生平的描述。关于马拉帕尔泰的至交杰克·汉密尔顿，我们知道什么？他曾经在美国的一所大学任教，他熟知并热爱欧洲文化，而此刻面对他认不出来的欧洲，他感到困惑。这就是全部。没有关于他的家庭、私人生活的资料，也没有任何十九世纪小说家认为要让一个人物显得真实、“栩栩如生”所不可或缺的东西。这个说法可以套用在《皮》的所有人物身上（包括作为小说人物的马拉帕尔泰：书里关于他个人、私人的过去只字未提）。

心理性的退位。卡夫卡在他的札记里如是宣称。事实上，关于K的心理性的源头，关于他的童年、他的父母、他的恋情，我们知道什么？和杰克·汉密尔顿的私密往事一样少。

八 谵妄之美

在十九世纪，这种事是理所当然的：小说里发生的一切，都必须是仿真的。在二十世纪，这个命令失去了强制力；从卡夫卡以降，直到卡彭铁尔或加西亚·马尔克斯，小说家们对于反仿真的诗意的感受越来越强。马拉帕尔泰（他既不是卡夫卡的仰慕者，也不知道卡彭铁尔和加西亚·马尔克斯）也受到同样的诱惑。

再一次，我想起这个场景，夜色刚刚变黑，马拉帕尔泰骑马经过两排树下，他听到头上有说话的声音，随着月亮慢慢升起，他终于明白，那是一些犹太人被钉在十字架上……这是真的吗？还是幻觉？不论是幻是真，都令人难忘。我想到卡彭铁尔，一九二〇年代，在巴黎，他曾经和超现实主义者共享他们对于充满谵妄的想象力的热情，他参与他们对于“神奇事物”的征战，但是二十年后，在委内瑞拉的加拉加斯，他的心底却产生了怀疑。从前令他着迷的东西，如今看来却像“诗的老套陈规”，像“魔术师的戏法”；他背离巴黎的超现实主义并不是为了回到旧的写实主义，而是因为他认为自己找到了另一种更真实、扎根于现实的“神奇事物”，那是拉丁美洲的现实，在那里，一切事物的气味都不像真的。我想象马拉帕尔泰也经历了一些相同的事，他也喜爱过超现实主义者（在他创办于一九三七年的期刊里，他刊登了他翻译的艾吕雅和阿拉贡），这并没有引导他跟随他们的脚步，但是或许让他对于变得疯狂的现实的幽暗之美更为敏感，这样的现实里充满了“一把雨伞和一台缝纫机”的奇特相遇。

而且，《皮》也是以一个这样的相遇作为开场："瘟疫在一九四三年十月一日于那不勒斯爆发，同一天，联军以解放者之姿进入这个不幸的城市。"到了这本书的后头，第九章《火之雨》，一个同样超现实的相遇以一种宛若平常的谵妄方式出现：在复活节的前一周，德军轰炸那不勒斯，一个年轻姑娘死了，尸体躺在一座城堡里的桌子上，同一时间，维苏威火山发出骇人的轰隆声，开始喷出熔岩，"自从赫库兰尼姆城和庞贝城被火山灰活埋之后，从未见过"。火山爆发让人类和大自然的疯狂都发动起来，成群的小鸟飞进神龛里，躲在那些小圣徒雕像的四周，女人们冲破妓院大门，拉扯那些衣不蔽体的妓女的头发，路上遍地死尸，尸体的脸上封着厚厚的一层白灰，"像是一颗蛋代替了他们的头"，而大自然的肆虐并未稍歇……

在这本书的另一个段落，这种不像真实的事荒诞甚于恐怖：那不勒斯附近的海域布满水雷，完全无法捕鱼。美国将军们如果要办筵席，得到大水族馆里去找鱼。可是等到科克将军想宴请从美国派来的重要人物弗莱特夫人的时候，这个货源已经耗尽了，那不勒斯水族馆里只剩下唯一的一条鱼——美人鱼。“那是这类人鱼的一个非常罕见的标本，它们近乎人类的外形，就是美人鱼这个古老传说的源头”。美人鱼被端上桌的时候，众人一片惊愕。“我希望您不会逼我吃这……这……这个可怜的女孩吧！”弗莱特夫人惊呼。科克将军很尴尬，教人把“这可怕的东西”撤掉，可是随军牧师布朗上校还不满意，他让服务生把鱼放进一具银棺材里，他陪他们用担架把银棺材抬走，为美人鱼做了一场基督教的葬礼。

一九四一年，乌克兰，一个犹太人被坦克车碾死。他变成“一张人皮地毯”，几个犹太人动手把沾在上头的尘土弄掉，后来，“其中一个用铲子的尖端从头旁边把人皮叉起，然后带着这面旗帜上路”。这个场景的描述出现在第十章（而且标题就是《旗帜》），发生在罗马朱庇特神殿附近的变奏随即出现。一个男人对着美军的坦克车开心地大喊着，他脚一滑，跌到地上，一辆坦克车压过他身上，人们把他放在床上，他只剩下“被切成人形的一张皮”，“这是唯一够资格飘在朱庇特神殿塔楼上的旗帜”。

九　一个“初生”的新欧洲

新欧洲，从第二次世界大战走出来,《皮》如实捕捉了它真真切切的面貌；也就是说,《皮》的目光并未受到后见之明的修正，这目光藉由新欧洲诞生那一刻的崭新，让人看到新欧洲令人目眩神迷。我心里浮现了尼采的想法：正是在发生的那一刻，一个现象会显现出它的本质。

新欧洲诞生于欧洲史上独一无二的巨大溃败；第一次，欧洲战败了，欧洲以欧洲的样貌战败，整个欧洲都战败了。先是被它自身之恶的疯狂化身纳粹德国打败，接着是一边被美国解放，另一边被苏联解放。被解放并且被占领。我这么说并无嘲讽之意。这两个词，都对。这个情境的独特本质就在这两个词的集合里。到处与德军作战的反抗军(游击队)的存在，丝毫不会改变这个本质——没有任何一个欧洲国家(从大西洋到波罗的海的国家)是藉由自己的力量获得自由的。(一个都没有？不会吧，至少还有南斯拉夫。他们靠的是自己游击队的武力。这就是为什么一九九九年必须轰炸塞尔维亚的城市长达数星期：为的是即便在事后，也要把战败的身份强加给欧洲的这个部分。)

解放者占领了欧洲，事情的改变一下子就清楚了。昨日还（非常自然，非常天真地）将自己的历史、文化视为全世界模范的欧洲，此刻已感受到自己的卑微。美国就在那儿，光芒四射，无所不在。重新思考、重新塑造自己和美国之间的关系，变成欧洲的首要任务。马拉帕尔泰看到新欧洲，他动笔描述，他无意预言欧洲政治的未来。让他深深着迷的，是*作为*欧洲人的新*方式*，是*感觉*自己是欧洲人的新*方式*，从此将受到美国越来越强烈的影响。在《皮》里，这种新的存在方式从当时出现在意大利的诸多美国人的画像里浮现，这些画像简短、扼要，而且经常是滑稽的。

没有任何立场，既不正面也不负面，这些速写经常带些恶意，经常充满同情：弗莱特夫人高傲的蠢话；随军牧师布朗上校善良的蠢事；科克将军可爱的单纯，他为一场盛大的舞会开舞时，认不出要找的那位那不勒斯贵妇，却跑去找了看管衣帽间的一个美丽少女；吉米友善而让人喜欢的粗俗；当然，还有杰克·汉密尔顿，一个真正的朋友，一个被爱的朋友……

因为美国直到当时还不曾在任何一场战争中失败，也因为美国是一个信教的国家，公民们在这些胜利之中看到的是，神的意旨也肯定他们在政治、道德上的确定信念。而欧洲人，疲惫并且怀疑宗教，战败并且有罪恶感，很容易就让自己感到目眩神迷，为的是牙齿的雪白，为的是这美德般的雪白——“所有美国人微笑着进入墓穴时，依然露出这样的雪白，向活人世界做最后的致意”。

一〇　记忆变成战场

在刚刚重获自由的佛罗伦萨，一个教堂前的大阶梯上，一群共产党游击队员正在处决一些年轻（甚至非常年轻）的法西斯党徒，一个接着一个。这场景宣告着欧洲人的存在史上一个彻底的转折：由于战胜者已经划定了所有国家不可侵犯的明确边界，欧洲各个民族之间的杀戮将不会再发生；“此刻战争即将死亡，就要开始的，是意大利人之间的屠杀”；仇恨退入国家的内部；然而，就算在国家内部，战斗的本质也变了，斗争的目的不再是未来，不再是即将实行的政治体制（战胜者已经决定未来应该是什么模样），而是过去，只有在记忆的战场上，欧洲的新战斗才会发生。

在《皮》里，当美军已经占领意大利北部的时候，安全无虞的游击队员们杀了一个告密的同胞。他们把他埋在一片草原上，代替墓碑的是他的脚，他们让他的一只脚，还穿着鞋子，竖立在地面上。马拉帕尔泰看到此景提出抗议，但徒劳无功，其他人看到可笑的画面都很开心，这将是通敌分子留给未来的一个警告。今天我们知道了，欧洲距离战争的结束越远，就越会宣称自己有一项道德义务，那就是不要忘记过去的罪行。随着时光的流逝，法庭惩罚的人也越来越老，一群群告密者闯入了遗忘的荆棘，而战场也扩大到坟场里。

在《皮》里，马拉帕尔泰描写了汉堡市，美军的飞机在那儿投下燃烧弹。居民们想要熄灭吞噬他们身体的火焰，纷纷跳进横穿城市的运河。但是火在水里熄灭，一碰到空气又立刻燃烧起来，于是人们只得不停地把头沉入水里；这样的情况持续了几天，在此期间，“成千上万颗头露出水面，转着眼珠，张着嘴巴，说着话”。

这又是战争现实超越仿真的一个场景。我也自问：为什么记忆的导演们没有把这种恐怖（这种恐怖的黑色诗意）变成神圣的回忆？记忆的战争只会肆虐于战败者之间。

一一 深处的背景，永恒：动物、时间、死者

“我从来不曾像爱菲波那样爱过一个女人，一个兄弟，一个朋友。”在这么多人的痛苦当中，这只狗的故事远远不只是一则插

曲，也不只是一出悲剧的幕间休息。美军开进那不勒斯只是历史上的一秒钟，然而这些动物却是自从远古以来就陪伴着人类的生命。面对一个同类，人永远无法自由自在地当自己；一个人的力量，限制着另一个人的自由。面对一只动物，人就是自己。他的残酷是自由的。人与动物之间的关系构成了人类存在的一种永恒的深处背景，那是不会离弃人类存在的一面镜子（丑陋的镜子）。

《皮》里的情节很短，但是人类无限长的历史在其中时时呈现。美军——最现代的军队——由古老的城邦那不勒斯进入欧洲。一场超级现代的战争的残酷，在极其古旧的残酷的深处背景前上演。这个已经如此彻底改变的世界同时也让人看见，什么是令人悲伤、不会改变的，什么是不会改变的人性。

还有死者。在和平的年代，他们介入我们平静生活的方式是节制的。在《皮》谈论的年代，他们可不节制，他们动员了起来，他们到处都是。殡仪馆没有足够的车子把他们运走，死人留在公寓里，躺在床上，在那儿腐烂、发臭，他们是多余的，他们入侵了人们的谈话、记忆、睡眠。“这些死人，我恨他们。在所有活人共同的祖国，他们是异乡人，仅有的，真正的异乡人……”

战争即将终结的时刻启示着一个真理，一个平庸却又根本，永恒却又被遗忘的真理：面对活人，死者在数量上拥有压倒性的优势，不是只算战争结束后的死者，而是每一个时代的每一个死者，过去的死者，未来的死者；他们确知自己的优势，他们嘲笑我们，嘲笑我们生活的这个时间小岛，嘲笑新欧洲这块渺小的时间，他们让我们明白这一切的微不足道，转瞬即逝……